詩あ

A

poetry A 01

デザイン　水戸部 功

2025 04

ドキュメンタリー詩誌

詩　あ

特集

現代詩をはじめよう　詩の教室・講座の旅景《ポエジー》

目次

poetry
A
01

2025
04

詩誌「詩あ」創刊の辞

現代詩は難しい、と、よく耳にし、目にします。詩を書いていない頃、僕もそう思っていました。詩を書くようになっても、そう思っていました。しばらく書いているうちに、そう思わなくなりました。うそ。書いているだけでは、そうは思えませんでした。思わなくなった理由の多くは、読むようになったからです。入沢康夫も西脇順三郎も「現代詩手帖」の投稿欄の詩も難しい。続けて読むうちに、難しいけれど、その難しさに慣れてきて、だんだん心地よくさえなってきました。きっと詩の本質は変わっていません。変わったとしたら、自分です。読解力がついたのとは、また違います。何が変わったのか。詩を受け入れる度量が変わったのです。難しいまま、受け入れればいいではないか、と。わからない浮き舟に乗って、揺れ揺れ、で、いいのでしょう。

二〇二三年、詩誌「びーぐる」が終刊しました。僕も投稿していましたので驚きました。同年秋、詩人の山﨑修平さんから「南田さん、新しい詩誌を創刊してくれませんか」とご連絡をいただきました。ありがたいことだと思いました。プレッシャーよりも、嬉しさが勝っていました。その後、水面下でいろいろ動くうちに、皆さんから「おもしろそうだ」と賛同いただきました。義理を果たすために、日頃お世話になっている某詩誌の編集者の方にもご報告しました。「ビシビシ来なよ！」と笑いながら言ってくださいました。恐れ多くて、ビシビシは行けませんね。でも、とてもありがたいな、と思いました。

僕がこだわっているのは商業詩誌、同人誌ではなく。現在、商業詩誌というと「現代詩手帖」「詩と思想」「ココア共和国」くらいではないでしょうか。しかも毎月の発行ですから、それだけでも敬意を表します。詩を書いたり読んだりする方は、なんとなくこれらの詩誌の特徴はつかんでいらっしゃるでしょう。詩の世界はとても狭いし、読者もとても少ない。互いに争うことよりも、切磋琢磨し合うことで、詩の世界を底上げすることを、僕は望みます。詩誌「詩あ」は、普段「現代詩手帖」や「詩と思想」が難しいという方の導入になればいいと思っています。慣れてきたら、「現代詩手帖」や「詩と思想」を読んでほしい。現代詩のおもしろさ、魅力を伝えられたら、何よりです。これまで詩を書いたことも読んだこともないという人たちを巻き込みたい。そのためには全国書店流通させること、注文できることが必要だと思いました。

誌名の「詩あ」、なんのことかとお思いでしょう。単純な理由として、「しあ」なら発声しやすいかと思い命名しました。だらけた感じで「しゃあ」と言ってもいいでしょう。もう少し、真面目な理由もあります。「詩はあらゆる言葉の前に存在する」。そういうことです。ひらがなの「あ」は五十音の先頭、それより前に「詩」は存在しているよ。紐解くとこうです、無粋ながら。

詩誌「詩あ」のコンセプトは、「詩とドキュメンタリー」。答えありきの特集ではなく、答えに辿り着かない特集、現在進行形で動いていく特集を毎回考えていきます。きっと毎号、もやもやした感じで終わることでしょう。それでいいと思っています。僕は、答えを見つけたいわけではない。現代詩に答えなんて、ないでしょ？　だけど探ることをやめはしません。

二〇二五年に創刊し、二〇二九年か二〇三〇年、計十回で終えるつもりです。その頃、惜しまれつつ、と言ってもらえたら本望ですが、その前に沈没することも見据えておいてください。なにせ、「詩あ」、基本的には僕ひとりで作る詩誌です。もちろんご寄稿いただくわけですが、執筆、編集、デザイン、校正、印刷製本手配、書店営業、様々な工程はほぼ僕がやります。お金が続くかわかりませんし、病で倒れる可能性もあります。十回まで行かなければ、ごめんなさい。十回まで行ったら、ほそぼそと乾杯しましょう、ソフトドリンクで。
さあ、「詩あ」幕開けです。真剣に、迷おう、詩について。そして楽しもう！

「詩あ」発行人
合同会社パブリック・ブレイン　山本和之（南田偵一）

波

石松 佳

あれは、波だ
子どもたちが　あなたの目の前に現れ
でも　やがて蜃気楼になる
彼らの服は燃えやすい
朝顔が揺れる　葉はかろうじて形を保ちながら　瓶から瓶に蔓を伸ばし
わたしの瞳の中に　薄くいびつな翳を　落としている

窓、そして窓
静かな楽器が好きだが　声が聞こえるとわたしはつい振り向いてしまう
指についた塩
雲は頼りなく　片隅に放られた白い紐のように散らばって
肉にはかすかな匂いがすることとか　水面に触れたら　心音ではなく
精神の金属音がすることなどを　あなたに話したことがあり
興味のないあなたは　晴れた空に向かって　傘を差したりもする

あれは、光が砕かれた波だ
ある日あなたは　校庭で　硝子の姿で
苦しそうにうずくまっていたね
わたしは　あなたを思い切り押し倒し　胸を切開して
夥しい数の朝顔を取り除き
1、2、3、と　数をかぞえて
呼吸を楽にしてあげた
二重瞼のまばたきと　わたしのまばたきに
映る空と　映らない空がある

ひどく崩れた天候のなかで　わたしは無数のマネキンの
整序された腕に触れてみたい
（食器と　食器が擦れる音、）
あらゆる瞬間の絵と　霊が出る教室のうわさが伝染してゆく
べとべとの絵具を落とすため　蛇口を開くと　たくさんの錆びた水が
いっせいに　地面に　そして裸足の　踝に　温く打ちつけて　流れ去った

境目の人

赤澤玉奈

季節には幾つも代役がいて
解けないうちにと書き留められ
ひとりひとりに名がついていた

チャイムが鳴ると
一斉に走り出す
予想より高く跳ねるボールが
視線の中心になって
緑の一点
顔を上げない者だけが見つめ合う時間があった
多くの鼻先を光が包む中
まっすぐに落ちるボールと
張り付いた瞳があり
ふたりの間だけをつたう雨粒が

やがて海へと帰る日を思った
細く息の長い雨が、視線が途切れるまで降り続いていた

季節の境目が、ひとりを流していく
肩の曲線
涼しげな薄さを下る
瓶からしたたる水が温度を移して
手は生きものから距離をとる
失ったものを掴もうとする感覚は
冷たさの持つ痛みと似て
きっと、同じ瘡蓋の形をしていた

はためく白布に
明日の朝が糖衣しかけて
風景の中にひとりを探す
同じ色をして薄れていく、
持ち帰った朝顔の花が
一斉に咲く時間

点描歌

ケイトウ夏子

今朝乗った
電車の音は遠くへ追いやる
連結と連結のあいだ
風穴を継ぐ音韻のなか
あるかなきかの地平をくぐり
整列した
教室内では
色褪せたプリントが陣地をあらそっている

水が抜かれたプール
汚れた靴を洗えない時
ありえない量の陽が降り注ぎ
ページの角から角を端折った

跳躍の仕草でわらう少女

しみゆく木陰の下で　おぼえる
地の声よ　天の声よ　利の声よ

靴ひも　きらら
飛び級し、通じる
金網の向こうは柔く
調弦を怠った声だけが
夏に向かう

中庭の枇杷の実
しとどに濡れ
廊下に立たされた
はずの
私の代わりをしている

校舎裏

南田偵一

校舎裏に、ひっそりと植えられているライラックは、姉であると、胸に仕舞い込んでいた。雨が降った翌朝の、散らした花弁を拾い集め。湿った土の手触りを、誰かと共有したい、と思う瞬間がある。姉は決まって見透かして、笑う。北の方角に太陽が昇ることがあれば、晴れやかな笑顔であるだろうに、好きな詩集を図書館で見つけて、細い両腕で抱え込むように、花、佇む。

学校裏の寺が閉まり、北を失った。先生の定める方角は、競馬場が南、マヨネーズ工場が東、ボウリング場が西、お寺が北。墓から掬われた、朝顔の鉢入れほどの骨壺に、生まれてまもない姉らしき、の遺骨が、リンリンと泣く。ちっちゃな骨ばかりで、収まり悪いし、かわいそうだからお寺の鈴を一緒に納めたの。母は、抱っこしていた骨壺を、たかいたかい、と持ち、掲げて。テレビ台の脇へ、笑い声が重なる。

屋根を打つ雨の音がどこでも同じように、土を掘る音も一緒であるならば。あと何回、雨が降ると、周りに溶け合う土の色になってくれるのだろう。骨壺を埋め、土を覆う前に、一度抱きかかえる。ライラックが見下ろす、北を通らない太陽の面影。

リンリン、と、姉が咲く。

物乞い

杉本真維子

留学先の大学の寮の前の歩道橋の上に物乞いの子どもがいた
昼食を買いに行くにはそこを渡らなくてはならず
毎日、中国北京の交通量の激しい道にかかる橋を
ルームメイトとのぼった
一九九九年の夏のことだった

顔の歪んだ母親は、階段の踊り場で待機していた
さあ行け！と押し出され、数人の子どもがわたしに群がって
シャツの裾や袖を引っ張った
薄汚れた小さな手形が模様のように服に残って、
「冷たい日本人！」と罵られながら、弁当屋台まで歩いた
そこで手に青椒肉絲《チンジャオロースー》の入ったビニール袋を渡され
ガサリ、
と音を立て
決意のターンをする

お腹がすいているだろうに
何日も、食べていないだろうに

帰りの歩道橋の上では、お金をとれないことで
親に折檻された子どもが、泣きながら、洟をたらし、
こんどは死に物狂いでわたしに突進してくる

「給我（ゲイウォー）！」（お金をください！）
「給我（ゲイウォー）！」（おねがいだから！）
「給我（ゲイウォー）！」（どうしてお金をくれないの！）

ルームメイトが何かを叫んだ
瞬間、暗い掌のわずかなつり銭を
小さな手がむしりとって逃げた
わたしは若くくるしいおごりをこそげとられ
骨の芯まで身を軽くして
ほとんどよろこびのように
膝をついた

一員　石田 諒

金網の向こう側が、正しい
走っている全力の
照らされた半身を極めるが
出席簿に、氏名の記載はない

ひし形の、木片を
個室に持ちこんだ彼女の
つける歯型、特有のしるし
翻弄された持ち味は
管理型の好感度によるものだ

縄には関心がない
と、言って地べたに座るとき
罪深げに移行していく冷えが

大臀筋、という
文字を書かせた

成分に窮する
なんらかの雨、かと思えば
つぎの瞬間には
疑いのない消火器が降り
昇降口で、潰された
屋上の残り香、出来心の手ざわり
ここぞ、という局面で
なにも言えず、黙る

そもそも発声器官を
持たぬ種族の一員なのだから、と
だいぶ、大人になってから
ぞんざいに知らされる

夏雪

関根健人

学校と云う、すきとおった幾何の篁
のなかにいる。揃えたての九九みたいな季節には、

まどぎわの
粗いベージュのカアテンがふくらんでは萎む
ほそく髪のそよぎが　奥ゆきをうしなっては螺鈿色した流体となり
白のノート　罫線にひろがって、脆くくずれて影絵の、
日の水位に炎えたった
力なく　ずり落ちた紺のソックスをひき上げようとする
ときに額づく机のつめたさ
その指にからがったのは絲遊の遠雷　熱り気怠く麻痺していった
砂金をさぐる瞳ふかくまなざした角度で
さながら匿された汽水域のようだったね　寄る辺のなくて
仄めきあいながら、ながれたシャツの半袖が

小麦色の肌を透かしなおもひどく青めく
ためらいだった、輪郭はむしろくぐもる傾向にあった
あえかにほだされる汗の匂いに
やわくとかされるたび　したたる、馥郁となる稜線を折りかえす
カアテンの汀ふりあおいで
ひかりの瞬《またた》きが叮嚀に　一つずつ針で展翅されてゆくように
ひらいて　また　ひらいて
すすぐ　白鱗の雨をうけいれる午后には、

熟れくる脳《なずき》と、予鈴は鳴って
蠅をはらう驢馬の仕ぐさで
痙攣わせた身
べにやの椅子のうえ
褪せたむねを反らせるあいまにも
薄荷脳の熟寝に
輪郭をこわし　藤のようにしてながれた
腕《かいな》で庇をつくる

越えてゆく　山﨑修平

午前2時の色彩を越えてゆく
ダラダラとした締まりのない遥かな声が柚子の香りをまとい
壁画は天使の屍体を塗りたくり頂上の鐘を鳴らす
雨は幽かに揺れてオニヤンマを呼び起こす
明大前の傘立てにも横恋慕の気狂いたちが
漂白した淡い黄色の木の実を着飾って
ああ、斧や槍を持ち寄って叩き潰したい
スープ状になった有馬川に募る炭酸煎餅を
お前が、お前が、お前が塔に匿われていて
まぐわう、ごっそりと奪い取ってゆく
受像機の天使の杯のことを覚えているか……、どなたのことでしょうか
龍土町の婆さんからくすねた綺麗な綺麗な石のこと
とっくに越えている
もう整理券はいらない

一度咀嚼して体内に気味悪く蠢いたままになっている
沼に宝石を沈めてそれでも諦めはしない、ここから加速してゆく
マルセイユ経由の最終便のあなたは信じ難く「希望」と名を付している
三半規管に味噌を塗る、いきなり花束なんて正気ですか
道楽と道化の果てにはいつだって地獄しかない
指を鳴らす、口笛を吹く、お前に足りないのは危機感ではない
バースデーカードを忘れたとしても
光線は岩石を貫いてゆく
そもそも招かれたのではない
紀元前のジジイたちから褒められていい気になっている
頼りないはずの道案内
バスは右に曲がり左に曲がりこの中途のことを伝えているようだった
もう一度声を聞く
たとえば……、この声に合う音楽は？
ほどよく散りばめてゆく蟬だったものなど
脱力した龍の置物から海岸線まで直線を引く
夏の草木の温泉街は旧友の報せ

越えてゆく　山﨑修平

連載エッセイ

青鷺通信（第一回）　笑いと微笑の詩学

石松 佳

以前、ある文学者の方と火についてお話ししたことがある。わたしが、「火の揺らめきには実体がなく、現象的ですね」と言うと、その方はアリストテレスを参照されてそれを優しく否定し、次いで、火の揺らめきに似ているから、人間の微笑が好きだと言われた。

思えば、「笑う」という行為は不思議だ。人はうれしいとき、可笑しいものを見聞きしたときに笑う。でも、困ったときも笑うことがある。「もう笑うしかない」ときもある。言葉では「笑う」という一語が使われるが、人間にとって非常に謎めいたものだ。それゆえ、「笑い」はこれまで多くの哲学者や文学者に人間の謎に迫るものとして扱われてきた。

アリストテレスは、動物の中で笑うものはヒトだけだと書いたが、文学の世界では動物も笑う。海外文学の作品で多くの人の印象に残っている笑う動物は、イギリスの作家ルイス・キャロル（一八三二～九八）の『不思議の国のアリス』（河合祥一郎訳、角川文庫、二〇二四年）の中に出てくるチェシャーネコ（Cheshire cat）ではないだろうか。チェシャーネコとは、『不思議の国のアリス』（第六章）に登場する、大きく口を開いてニヤニヤ笑う猫だ。しかも人語を話す。

［中略］ネコは、だんろの前にねそべって、耳から耳まで裂けるほどの大きなお口でにったり笑っていました。

「どうかお教え願えませんでしょうか。」アリスは、自分が先に口をきくのが礼儀にかなっているのかあまり自信がなかったので、少しおずおずと言いました。「どうして、おたくのネコはあんなふうに、ニヤニヤ笑っているのですか?」

「あれはチェシャーネコ。」公爵夫人が言いました。「だからだよ。ブタ!」

公爵夫人が最後の言葉をあまりにもぶっきらぼうに言ったものですから、アリスはとびあがってしまいました。でもすぐに、それは赤んぼうに向かって言われたのであって、アリスのことを言ったのではないとわかりました。そこで、勇気を出して、また話しかけました。

「チェシャーネコがいつもニヤついているなんて知りませんでした。そもそもネコがニヤつけるなんてこと知らなかったんです。」

（七十九〜八十）

公爵夫人によると、「ネコならみんな、ニヤつける」。日本語では、「ニヤニヤ笑う」、「ニヤつく」と訳すほかない動詞は、原文の英語では“grin”である。“smile”との違いは、歯を見せて笑うことだとされており、おもしろいことに、Oxford English Dictionaryによると、苦痛や怒りで歯を剥き出す表情にも用いられたそうだ。おそらく、歯を見せる、剥き出しにする表情が元にあり、そこに感情が当てはめられたのだろう。チェシャーネコの笑いは、アリスの世界観と重なって、どこか不気味な雰囲気を醸し出している。チェシャーネコのクライマックスはこうだ。

ルイス・キャロル『不思議の国のアリス』（河合祥一郎訳、角川文庫）

「わかった」と言うと、ネコは、今度はとてもゆっくりと消えていきました。しっぽの先から消え始め、最後にはニヤニヤ笑いが残り、ネコがすっかり消えてもニヤニヤ笑いはしばらく残っていました。

「うわあ！　ニヤニヤ笑いなしの、ネコだけってのは見たことあるけど」と、アリスは考えました。「ネコなしのニヤニヤ笑いだけっていうのはね！　生まれて初めてだわ、こんなへんてこりんなものを見るの！」

（九十）

アリスと会話した後、チェシャーネコがニヤニヤ笑いだけを残して姿を消す有名なシーンだ。チェシャーネコの存在によって、アリスが見慣れているふつうのネコは「ニヤニヤ笑いなしの、ネコだけ」（“a cat without a grin”）となり、その構文の中で語だけをひっくり返せば「ネコなしのニヤニヤ笑いだけ」（“a grin without a cat”）となる。『不思議の国のアリス』の魅力のひとつは、チェシャーネコの不気味な笑いが示すように、言葉の転覆が世界の常識系の転覆と密接に結びついていることだろう。ただナンセンスが無秩序に横行するものではなく、あくまでも前提となる論理が軸にあり、その気持ち悪い機能不全が描かれているところがおもしろい。

また、文学は動物だけではなく、天使と悪魔をも用いて「笑い」を考察する。チェコスロバキア出身の小説家ミラン・クンデラ（一九二九～二〇二三）の『笑いと忘却の書』（西永良成訳、集英社文庫、二〇一三年）を見てみよう。

> 物事は、（モスクワで教育されたマルクス主義者が、占星術を信じるといったように）仮想されていた意味、いわゆる物事の秩序のなかで与えられていた場所を突然奪われると、私たちの心のなかに笑いを引き起こす。だから、笑いはもともと悪魔の領分なのだ。
>
> ［中略］
>
> 天使が初めて〈悪魔〉の笑いを聞いたとき、驚愕のあまり茫然自失した。それはある饗宴のあいだに起こり、会場には大勢ひとがいた。人々は次々と、おそるべき感染力をもった悪魔の笑いにとらえられていった。その笑いが神と神の業の威厳に向けられたものだということは、天使にははっきり理解でき、すぐに何とかしなければならないこともわかっていた。しかし天使は自分を弱々しく無防備に感じ、自分ではなにも考え出せなかったので、敵の猿真似をした。天使は口を開き、声域のうえのあたりで、途切れ途切れの、ひきつった音を発した（それはほぼ、地中海沿岸の町の街路でミシェルとガブリエルが出した音と同じだった）。しかし、その音に別の意味をこめた。つまり、悪魔の笑いは物事の不条理を意味するのにたいし、天使は逆に、この世は万事がきちんと整序され、賢明に構想され、善良で意味に満ちていることを喜びたかったというわけだった。
>
> （一〇三～四）

クンデラは、笑いの起源を多分にニーチェ的な不条理に置き、「笑いにはどこか邪悪なところ」（一〇三）があるとする。また、「仮想されていた意味、いわゆる物事の秩序のなかで与えられていた場所を突然奪われる」状況は、ジャン＝ポール・サルトルの『嘔吐』を想起させるような、きわめて実存的なものだ。その悪魔のグロテスクな笑いを真似て、天使も笑う。悪魔は天使たちが笑う姿を限りなく喜劇的に感じ、さらに笑う。両者の笑いは本質がまったく異なるものだが、天使たちの笑いはむなしく滑稽な努力だったのか——

> 滑稽な笑い、それは壊滅にひとしい。しかし天使たちはそれでも、ひとつの結果を得ていた。彼らは意味論的な欺瞞によって私たちを騙したのだ。笑いの模倣と本来の笑い（悪魔の笑い）を指すのに、たったひとつの言葉しかないの

である。今日では、同じひとつの外面の表現が、まったく正反対のふたつの内面の態度を覆い隠している。ふたつの笑いがあるのに、それを区別する言葉がないのである。

（一〇四）

「笑い」という一語が、悪魔と天使の笑いを区別なくひとまとめにしてしまうアイロニー。クンデラによって「笑い」が孕む複雑な両義性が明かされたが、天使と悪魔という二律背反的な、きわめて形而上的な両義性とはちがう「笑い」だってあるはずだ。もっとわたしたち人間の生活に密着した、あの感情が。

日本の現代詩において、竹中優子が描く詩の登場人物たちはよく笑う。そしてその「笑い」が意味するものが繊細で、独特だ。『冬が終わるとき』（思潮社、二〇二二年）から、「なぞる」を一部引く。

竹中優子『冬が終わるとき』（思潮社、2022年）

山ちゃんというのは
父の友人
私が子どもの頃
山ちゃんには若い恋人がいて
恋人が生理の夜にはひとつの毛布に包まって血だらけで眠るのだと
母に教えてもらったことがある
母は何かいいよね、というふうで笑っていた
［中略］
父が死ぬことになったので
ずいぶん久しぶりに父の顔を見に行く、私は中年になっている
山ちゃんは　どうしているの　と聞いた
死んだんやろうか　父は笑った

（六十六〜八）

作品中の「笑い」はどこか乾いていて優しい。他者と毛布に包まって血だらけで眠ること。これは、家族のあり方そのものではないだろうか。それを母は「何かいい」と肯定し、笑う。「私」は一歩引いた位置でそれを見ている。父が死ぬことになった。私は中年になった。山ちゃんは死んでいるのかもしれない。「私」も含めて人はやがて死ぬということを、深刻にならず「笑い」が引き受ける。竹中は詩の言葉を形而上の問題に引き上げず、わたしたちの感情の機微にきちんと繋ぎ留める。ここで描かれているのは、「笑い」の豊かな多義性である。先のクンデラが「笑い」の多義性を一語にアイロニックにまとめたとすれば、竹中の書法はその逆で、「笑い」の一語からつぎつぎと多義性を展開する。そして、冒頭でも少し触れたように「笑い」のもっとも謎めいたものとして、「微笑」がある。人が微笑むことについての竹中の描写が絶妙だ。

許すことと許さないことはいつも同じだけ難しいから
人は微笑みを覚える
（十七）

文学史上、「微笑」に最も魅せられた人物は、グスタフ・フォン・アシェンバッハであろう。彼は、ドイツの小説家トーマス・マン（一八七五〜一九五五）の作品『ベニスに死す』（圓子修平訳、集英社文庫、二〇一一年）の主人公の初老の高名な小説家である。アシェンバッハは、作中で絶世の美少年タジオに魅せられるのだが、彼が偶然出会ったタジオに微笑みを投げかけられる、いわゆる「ナルキッソスの微笑」のシーンが印象的だ。

——そしてこの数秒間にタジオは微笑んでみせたのだ。話しかけるように、親しく、愛らしく、はっきりと、微笑しつつ徐々に開いて行く唇で笑いかけたのである。それは水に自分の顔を映してみたナルキッソスの微笑であった。あのわれとわが美の反映に手をさしのべる、あの深い、魅惑された、誘い寄せられたような微笑であった、——ほんのすこし歪んだ微笑であった。歪んだというのは、おのれの影にやさしい唇で接吻しようとする努力の不可能さのゆえで、媚態を含んだ、好奇心を浮べ、かすかな悩みをたたえ、うっとりとした、そしてひとをうっとりさせる微笑であった。
（九十一〜二）

微笑に対する過剰な修飾が、微笑の多義性とそれを言葉で表現する不可能性を感じさせる。じっさい、この微笑の魔力にやられた小説家アシェンバッハは、言葉の大家であるにもかかわらず最大のクリシュ「ぼくはきみを愛している」を囁いてしまう。
また、三島由紀夫（一九二五〜七〇）『豊饒の海（四）天人五衰』（新潮文庫、二〇一二年）の安永透について言うと、「時折やさしい微笑をうかべたが、微笑は同情とは無縁」（二十）であり、「微笑とは、決して人間を容認しないという最後のしるし、弓なりの唇が放つ見えない吹矢だ」（二十）と描かれる。

しかし媚態でもなければ羞らいでもない、夜と朝との間の薄明に、白みかかる道と川との見分けのつかない、一つへ足を踏み出せば溺れるかもしれない、そういう危難を相手のためにしつらえて、ためらいと決断の間のもっとも微妙な巣の中で待っている鳥のような微笑は、ちゃんとした男の微笑とは云えない。透は、ふとして、この微笑を父親からでも母親からでもない、幼時にどこかで会った見知らぬ女から受け継いだのではないかと思うことがある。

（一三八〜九）

喩を多く織り込んだ文が印象的で、先に引いたマンの思弁的な微笑よりも詩的な描写だと言える。また、透の微笑は出自不明・中性的といった彼自身の特徴とも響き合う。実体がないゆえ、透にとって微笑は「得体の知れない」「武器」（一三八）となり、あらゆるヒューマニズムを拒絶する。余談だが、この微笑観は、三島の別作『美しい星』における詩観とどこか似ている。

最後に、この通信の冒頭で述べた火と微笑に関係する有名な作品を引こう。

ほほゑみに肖てはるかなれ霜月の火事のなかなるピアノ一臺

前衛短歌の旗手塚本邦雄（一九二〇〜二〇〇五）の『感幻樂』「羞明　レオナルド・ダ・ヴィンチに獻ずる58の射禱」の一首だ。まず「ほほゑみ」という旧仮名のえも言われぬうつくしさがある。これまで見てきた例とは違い、きわめて非人称的な「ほほゑみ」だ。歌意については、《モナ・リザ》の微笑を思い浮かべてもいいし、十全に理解できなくても、コラージュされた断片的なイメージをそのまま受け取ってもいいだろう。微笑も、炎も、旋律も、そして言葉もすべては実体がない揺らぎの中にある。それは、短歌、ひいては言語芸術自体について言及しているようにも思える。ネコ、天使と悪魔、母と父、ふたりの美少年ときて、謎のほほゑみに辿り着いたところで第一回を終える。

（つづく）

連載エッセイ　石松 佳

特集

現代詩をはじめよう　詩の教室・講座の旅景《ポエジー》

パート1　現代詩をはじめる前に

南田偵一

「詩はわからない」と言われ続けている

あさ、眼をさますときの気持は、面白い。かくれんぼのとき、押入れの真っ暗い中に、じっと、しゃがんで隠れていて、突然、でこちゃんに、がらっと襖をあけられ、日の光がどっと来て、でこちゃんに、「見つけた！」と大声で言われて、まぶしさ、それから、へんな間の悪さ、それから、胸がどきどきして、着物のまえを合せたりして、ちょっと、てれくさく、押入れから出て来て、急にむかむか腹立たしく、あの感じ、いや、ちがう、あの感じでもない、なんだか、もっとやりきれない。

いきなり太宰治の短編小説「女生徒」の冒頭の引用に面食らう方も多いでしょう。こうやって書きながらもどこに落着していくのか、当人でさえわかっていません。というより落着させるつもりはありません。「詩あ」はドキュメンタリー詩誌。予定調和のクライマックスなど望んではいないし、結論もありません。ライブ感、呼吸、手触り。日々の生活の繰り返しの中で、朝起きたときの「女生徒」の主人公のように、目覚めた瞬間から、人は考え、ぼんやりし、息を吸って、吐いて生きようとしています。
「詩はわからない」と、ずっと言われ続けています。SNSでも定期的にこの問題は呟かれ、詩人をはじめ、様々な人たちが時に意見を交わし、時に独り言を放ち、またいつしか忘れられ、ひと夏の思い出のように、ふとした瞬間思い出されては再び語られます。

結論。この場合の結論というのは、僕がこの特集原稿を書いている間の、わずかな時間での結論だけれど、「詩はわからなくていい」のではないでしょうか。それはとても長い道のりで「詩あ」の各号の特集を積み重ねることで少しは紐解けることなのかもしれません。焦らなくていいのですが、ひとまずそう結論しておきましょう。

なぜ「女生徒」を引用したのか。これをざっと読んだとき、読者の皆さんはどう感じたでしょうか。いかにも小説っぽいと感じたか、それとも反対か。おそらく小説と感じなかった人は、少女がおしゃべりをしているような文体に違和感を覚えたからかもしれません。あるいは、「かくれんぼ」以降「やりきれない」まで句点が一切打たれないという普通の文章とは異なる体裁に戸惑いを覚えたかもしれません。

けれども「女生徒」は、太宰治の短編小説として認知されているし、おそらく太宰本人も小説と意識して発表したと思われます。

では、これは「詩です」と言われたら、どうでしょうか。「いや、詩のわけがない」「文章がずっと続いているんだから、これは詩ではない」。そういった反論が聞こえてきます。

でも、仮に太宰が「『女生徒』は詩だ」と言って発表したとき、僕らはこれを、詩として受け入れる必要があるでしょう。作者が「詩だ」と言っているのだから、それを一度は受け止めないといけない。反論するのは受け止めたあとから、ということになります。

そう。詩は、書き手が「詩」として書き、発表したときから、詩なんだ。きっと読者は戸惑い、驚き、あるいは怒るかもしれません。「どこが詩なのか説明しろ」と。これが「詩のわからなさ」へとつながっていくのでしょうか。

詩人は、これを、「詩の自由さ」と言うことがあります。詩は自由すぎる。

なぜ「現代詩をはじめよう」なのか

創刊号の特集は「現代詩をはじめよう」と題しています。なぜ「詩」とせず「現代詩」としたのかといえば、僕たちが生きているこの現代における詩との接し方、取り組み方ということを考えたかったからです。

一般に「詩」といったとき、多くの読者は詩自体ではなく、詩人を頭に思い浮かべるのではないでしょうか。例えば、中原中也、萩原朔太郎、谷川俊太郎、若い方だと最果タヒの名前が挙がるかもしれません。かろうじて、詩作品でいうと宮沢賢治の「雨ニモマケズ」や中原中也の「汚れつちまつた悲しみに……」のフレーズが思いつく人もいるでしょう。つまり、明治以降の詩作品や詩人を「詩」と指す場合が多いのではないでしょうか。

明治から令和までの現在には、およそ百五十年の時間が詰まっています。それだけ詩の歴史もあるというわけです。となると、明治以降の詩や詩人を辿っていくにはそれなりの時間を要します。創刊号の特集としてページを割くには紙幅が足りませんし、時間も足りません。それならば「現代」の時間軸から考えていけば、読者にとっても負担にはならないだろうしハードルも低くなるだろうと考えました。

ただ、厄介なのは、この「現代詩」自体が難解だと思われていることは冒頭でも触れた通りです。けれど、その「わかる」「わからない」ということは一回、脇に置いておきましょう。というのも「わかる」「わからない」は個人差がありすぎてしまうからです。そこを掘り下げていくよりも、まずは「現代を生きている方々、これまで詩にほとんど触れたことがない方々に、詩をはじめてみませんか」という〝すすめ〟だと思っていただければいいのでしょう。あまり難しくは考えないでも大丈夫です。

「詩を読む／書く」は楽しいこと

続いて副題についても触れておきます。「詩の教室・講座の旅景《ポエジー》」とあります。結論を先に言いますと、この特集では詩のハウツー本は紹介していません。なぜなら、そういったハウツー本の内容をここで紹介するよりも、ご自身で書店や図書館に赴き、パラパラとめくって、自分に合うものを探して読んでいただければ十分だからです。つまり、ハウツー本を探して、手に入れることはそれほど難しいことではないですし、あえて特集を組むほどでもないという判断です。

それよりも、一般の方にとって、もう少しハードルが高めであると思われる詩の教室や講座について触れた方が情報としても有益でしょうし、何よりも詩人という生身の人間に触れられるいい機会になることでしょう。もちろん、この原稿を書いている僕をフィルターとしてしまうことはやむをえないことです。ただ、そのフィルターを通して、一人でも多くの読者が「詩の教室に通ってみようかな」と、勇気を振り絞って行動に移してもらえるなら幸いです。

おそらく、これまでも読むことと書くことを含めて「詩を学びたい」と思ったことがある方はたくさんいるでしょう。それでも、場所の問題、時間の問題に加え、気持ちの問題によって二の足を踏んでいる方もいると思います。後ほど、現在開講されている詩の教室や講座について、簡単にご紹介しますが、やはり圧倒的に開催されている場所は東京近郊です。時間においては、土日などの休日開講としても、それなりにまとまった時間を要します。そういう制約があるのは仕方のないことです。

ただ、それらをクリアしても気持ちの問題が残ります。「これまで文学について何も学んだりしてきていない自分が参加してもいいのだろうか」「詩を読んだことないのに平気だろうか」「周囲の参加者が皆、上手な詩を書く人ばかりだったらどうしよう」「講師の詩人が怖い人だったら嫌だな」。こういう不安を抱えている方も多いかな、と思いますし、そう考えることは当たり前のことです。進学するにしても、就職や転職するにしても、新しい環境に身を置くことは緊張や不安を抱えるものです。ましてや、こういった教室や講座への参加は、概ね自発的な行為です。おそらくほとんどの人が少なからず関心を持っているから、好きだから通おうかな、と思うはずです。場合によっては、その教室や講座に通ったことで「詩が嫌いになってしまうかもしれない」と考えすぎてしまう方もいると思います。

　ですので、この特集においては、そういった緊張や不安を少しでも解消できたらいいなと思って、これから書き綴っていきます。反対にいえば「詩を学ぶことは楽しいことですよ」と言いたいですし、もっと言うなら「詩を読むこと、書くことは楽しいことですよ」と。ワクワクした気持ちを皆さんに抱いてもらうことが「詩あ」の特集の本義です。

詩を読む／書く準備　詩に関する出版状況

詩集や詩誌を刊行している出版社を一社挙げてください。

「現代詩手帖」（2025年2月号、思潮社）

そう問われて、パッと頭に浮かぶ出版社名がない方も多いかもしれません。あるいは「思潮社」とすぐに思い浮かぶ方もいるでしょう。

　まず間違いなく多くの詩人が真っ先に挙げるのは思潮社です。現在、唯一といっていい商業詩誌（取次を通して書店流通している詩誌）を定期刊行しているのは思潮社だけという状況です。「現代詩手帖」という詩誌の名前なら聞いたことがある方もいることでしょう。

　もちろん詩集も多く手がけており、なかでも有名なのが「現代詩文庫」シリーズです。二〇二四年十二月現在で二百五十冊超、各巻一人の詩人の様々な詩集からピックアップされた詩が載っています。その第一巻は田村隆一です。鮎川信夫、吉岡実、石原吉郎、入沢康夫、石垣りん、吉原幸子、新川和江などの昭和の詩人から、現在活躍している詩人まで網羅しています。詩集は二千円前後とページ数の割には高い印象があると思いますが、現代詩文庫はまだ比較的手に入れやすい価格です。ただ、号が若いものほど絶版になっているため、新刊で購入するのは難しいことが多い。古書店や図書館で探してみるのもいいと思います。

　よく詩人の間で「現代詩文庫を全部読むべきだ」という声が聞かれます。もちろん、それが叶うならそうしてもいいと思いますが、これから詩に触れようと思っている方は、興味のある詩人からぽつぽつと読み拾っていけばいいのではないでしょうか。

「現代詩手帖」以外の詩誌で、気軽に書店やアマゾンで買えるとしたら（現状「現代詩手帖」も一般書店に置かれていないことが多いです）……正直なところ、ゼロといっていいでしょう。「ユリイカ」（青土社）という月刊誌があり「詩と批評」と謳っており、詩の投稿欄もあるのですが、毎号詩の特集を組んでいるわけではありません。ですので、詩誌とは言い切れないところがあります。

入手しにくいけれど、月刊詩誌として刊行されているのは「詩と思想」（土曜美術社出版販売）、「ココア共和国」（あきは詩書工房）があります。ただ、全国書店で購入できるかというと難しいですが、「ココア共和国」は電子版も購入できるので、詩誌としては珍しい。価格も安価ですし、載っている詩も豊富ですから興味のある方はこちらを読んでみるのもいいと思います。

その他というよりも、むしろ詩ではこちらの方がメインかもしれません。それは同人誌です。同人誌というと昨今は漫画などが主流ですが、詩の世界でもかなりの数が存在します。どうやって入手するのかというと、手っ取り早いのは「文学フリマ」です。全国各地で定期的に開催されている文学フリーマーケットのことですが、多くの詩人がこちらで同人誌を販売しています。現在活動している詩人の詩を読みたいと思ったら、足を運んでみるといいでしょう。情報収集としては、やはりネットが中心でホームページを持っている同人誌もありますが、多くはSNSのアカウントを探してみるといいと思います。

詩集を刊行している出版社というと、先に挙げた思潮社の他に、七月堂、左右社、書肆《しょし》侃侃房《かんかんぼう》、土曜美術社出版販売、青土社、書肆子午線、ふらんす堂、ライトバース出版など。これらの出版社は現代の詩人の詩集を出版しています。ただ、書店に行けばおわかりの通り「詩」のコーナーはほとんどありません。都内でいえば紀伊國屋書店新宿本店、ジュンク堂書店池袋本店などには多く詩集が取り扱われています。その他に、いわゆる「独立系書店」と呼ばれるような書店でも詩集や詩誌、同人誌が充実しているところもあります。先に挙げた七月堂は出版社でもありますが、東京・世田谷で古書店も運営しています。

もちろん新潮社や講談社など、大手総合出版社からも詩集が出されています。ただ、どちらかというと亡くなっている詩人が多く、宮沢賢治や萩原朔太郎、中原中也など戦前の詩人は文庫でも買うことができます。

また、同人誌と同様で、詩の世界では「私家版詩集」も多数出版されています。多くの場合、詩集刊行は自費出版なのですが、いわゆる出版社を通さずに自分自身で編集や制作なども行って、自作詩を掲載した詩集をつくることを言います。これはパソコンのソフトやアプリが充実した現代だから、ということではなく、昔から行われていたことです。もちろん、現代の方がつくりやすい環境ではあるので、多くの詩人がまずは私家版詩集を刊行し、その後、出版社から詩集を出すという過程を経ています。これらの詩集は書店流通されていませんが、詩人によってはBOOTHなどのネットマーケットで売っていることもあるので、昔よりも手に入れやすくはなっています。

ざっと簡単に「詩を読む準備」について述べてきましたが「詩を読みたい」と思ったとき、まずはお近くの図書館などに行ってみるのがいいかもしれません。また、ネットなどの情報を調べてみて、よく目にする詩人の詩集を読んでみる。そういうアプローチをしてみると、案外、詩は日常に近いところに存在していることがわかることでしょう。

一方で「詩を書く準備」ですが、特段必要なものはありません。原稿用紙を広げてペンなどで書くのもいいですし、パソコンに向かってWordなどで書いてもいい、スマートフォンのメモ機能で書いてもいい。人それぞれのやり方があります。最近では、スマホで思いついた言葉やフレーズをメモして、それを材料にパソコンで書く人が多いと聞きます。通学・通勤の電車やバス移動の間、パッと思いつく言葉や目にする言葉があると思います。それらを忘れないようにメモするには、スマホが打ってつけです。

行分け詩と散文詩、詩における「意味」とは

詩の形として、よく目にするのは行分け（改行）詩でしょう。例えば、先に挙げた「雨ニモマケズ」や「汚れつちまつた悲しみに……」は行分け詩ですし、多くの方が「詩」というと、この形を頭に思い浮かべると思います。

一方、散文詩とはどういう形かといえば、小説やエッセイのように、句読点が打たれ、途中で改行をしないものが主流です（適宜、一行アキをして「連」を分けることはあります）。冒頭で「女生徒」の引用をしましたが、仮にこれが「詩」だとした場合、散文詩と見られることでしょう。

『新しい詩とその作り方』（国書刊行会、二〇一八年）で、室生犀星は散文詩について、こう記しています。過去の詩の形についても触れており、簡潔ですので適当かと思われます。

> かつて詩は押韻律、平仄律及び語数律によって作られ、読まれてきた。が、それは過去のことだ。それらはすべて「外面的な音楽」の役目をつとめこそすれ、決して「内容としての音楽」を構成しない。
>
> 散文詩は依然として散文の形をもって作成された詩である。リズムはもっていないけれど、メロディをもっている。普遍的な抒情詩あるいは象徴詩がより情緒的なものであるのに反して、散文詩はより概念的なものである。

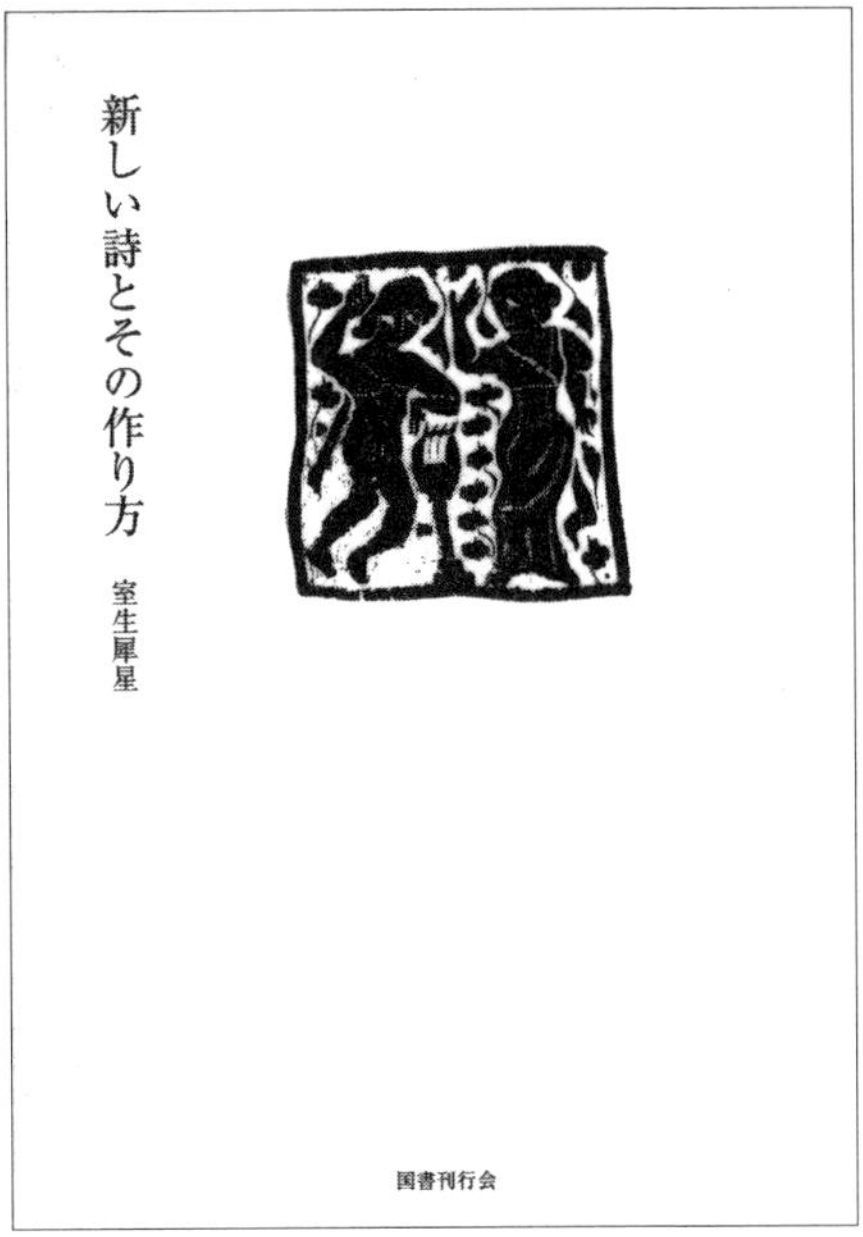

室生犀星『新しい詩とその作り方』
（国書刊行会、2018年）

概ね、多くの方の理解はこれに近いのではないかと思います。もう少し、突っ込んだ意見も見てみましょう。それは詩における「意味」ということです。

『詩学叙説』（思潮社、二〇〇六年）で、吉本隆明はこう述べています。

> 詩から意味を切り離すことは、いうまでもなく内部世界と社会的現実とのかかわりあいを断絶することを意味する。一般的に云って、内部世界と外部の現実とを断絶したところに詩の表現の問題は成り立たない。形式と効果の約束しか、あとに残らないからである。しかしながら、内部世界と外部の現実とを、意識的に断絶しようとする意欲によっては、詩の表現は成り立つといわなければならない。

少し難しすぎたかもしれません。続いて『詩がわかる本』（ジェイムズ・リーヴズ、武子和幸訳、思潮社、一九九三年）を引用します。

> （前略）意味が重要なのではなく、形式がなによりも重要なのだということである。私は、そこまで言い切ってよいとは思ってない。詩は述べられるものであると同時にその述べ方である。別の言い方をすれば、詩はその述べ方であり他の何ものでもない。形式は、詩の本質的な要素であって、意味と切り離すことのできないものなのである。形式と意味との同一性は散文以上に、あるいは散文において必要とされる以上にずっと密接なのである。

これも難しいかもしれません……。

簡単に整理しますと、詩においてよく問題にされるのが言葉のリズムや言葉の意味などであるということです。これらを排したものが詩なのか、詩でないのか。そういう議論は昔から行われており、散文詩への否定ということも現在でもよく耳にします。

渡邊十絲子《とし こ》さんは『今を生きるための現代詩』（講談社現代新書、二〇一三年）の中で、「詩は謎の種」とし、次のように述べています。

詩とは、ただ純粋な「ことば」である。

文字という形で記録され、不特定の誰かに読まれる、用途の決められない存在である。それは、日常の秩序にゆさぶりをかけ、わたしたちの意識に未体験の局面をもたらす、ただそのような作用をすればじゅうぶんなものだ。

「詩の自由さ」につながるところなのですが、個人個人によって捉え方は異なってきますので、これから詩を書こう、読もうと思っている方、現代詩をはじめようと思っている方は、今のところ、そこまで気にせずに、行分け詩と散文詩というものがあるんだな、と思っていただければいいと思います。

詩にも「守・破・離」はあるのか

よく芸道の中で「守・破・離」と言われることがあります。茶道の千利休の『利休道歌』の一節として「規矩作法 守り尽くして破るとも離るるとても本を忘るな」とあり、それに由来していると言われます。昨今では芸道だけではなくビジネスの現場や経営でもよく目にし耳にする言葉になってきましたので、読者もご存じの方が多いでしょう。

「守」とは、師匠から教わった芸道の型を守ること。「破」とは、横に視野を向け、他の型を見比べてみて自分に合った型を見つけること。そして「離」とは、修練を重ねることでそれらの型から離れて自在になること。簡単に紐解くと、そういうイメージです。

では、詩において「守・破・離」はあるのでしょうか。あるとしたら、まずは型を身につけることから詩を読む／書くを進めることができるでしょう。詩における「型」というと、先に挙げた「行分け詩」（改行詩）や「散文詩」といった詩の形のことを指すといえるかもしれません。師匠に教わるかどうかは別として、まずは自分が読みやすいあるいは書きやすい詩の型を見つけることから始める。おそらく、一般に詩の型となると、多くの人は「行分け詩」を頭に思い描くのではないでしょうか。明らかに散文（小説やエッセイなど）とは異なる形式で書かれ、句読点もなく、一行一行が短い言葉で連なっている、よく教科書で見るような詩です。人によっては、通常の散文を読むことに疲れてしまい、詩を読みたい、書きたいと思うこともあるでしょうから、そういう意味でも明確な差異として「行分け」という型を想像できるでしょう。

また、詩の種類・ジャンルのことも言えるかもしれません。基本的に現代における詩は「口語自由詩」と言われています。叙情詩、叙事詩、叙景詩、恋愛詩、物語詩、視覚詩、前衛詩、モダニズム詩、シュルレアリスム詩……様々な種類がありますが、どういったものを読むのか、書くのか。あるいは好みもはっきりしてくるでしょう。好きなものだけを読む／書く。ある意味では、これが「守」なのかもしれません。もちろん、読む／書く上で、最初から意識して「恋愛詩に触れたい」とは思いにくいでしょう。誰それの詩を読んでみて、あとから詩について学び始めたときに「あの詩は叙情詩というのか」と知るのだと思います。

続いて「破」は、異なる型の詩を読む／書くということかもしれません。ずっと行分け詩を読んだり書いたりしていくなかで、それに飽きることもあるでしょうし、しっくりこないこともあるでしょう。そのときに、ふと異なった型の詩を読んでみると、それまでと違う感情を抱くこともあるはずです。行分け詩ばかりに触れてきた人にとって、散文詩は少なからず新鮮さをもたらします。

種類・ジャンルということであれば、好みから外れて異なる詩を読んでみることかもしれません。叙情詩が好きな方が前衛詩を読んでみる。意図的なこともあるでしょうし、自然にそういった詩に手が伸びることもあるでしょうが、それが「破」という状況なのかもしれません。

最後に「離」は、そういった既存の型から離れて、自分流の型を見つけていくことかもしれません。それは何も行分け詩や散文詩といった形だけではなく、詩の内容にも関わってくることでもあるでしょう。型というより「スタイル」といった方が近いかもしれません。ここまで追求することができれば、本当の「離」といえるのでしょう。

種類・ジャンルでいえば、もはや種類を問わず読んでみる、書いてみることを指すのかもしれません。あるいはもはや種類やジャンルという範疇を超えているものに触れてゆく。

と、さも当たり前の解説のように書いていますが、はたして右記した内容は正しいのでしょうか。そもそも、詩に「守・破・離」があるのかどうか。そこから疑ってみた方がよさそうです。

冒頭で太宰の「女生徒」の一節を引用し、詩の自由さについて言及しました。詩は自由。そう言った瞬間から、そもそもの型などは存在しないことになり「守・破・離」も当然存在しないことになります。

つまり、行分け詩や散文詩といった詩の形は、あくまで詩を提示する方法であって、型ではなく、そこに強制力もないのでしょう。読むとき、書くとき、詩に触れる瞬間、読み人・書き人は自由であるということです。何を選んでもいいし、何も選ばなくてもいい（それは少し言い過ぎですね）。

反対にいうと「守・破・離」に囚われないことが、詩のとっつきにくさ、戸惑いを覚えさせるのかもしれません。俳句でいえば五七五、短歌でいえば五七五七七が型だとしたら、詩にはそういう縛りはありません。そして、小説のように説明もほとんどなく、起承転結といった道筋もなく、ぽんっと、言葉が提示されます。驚き戸惑うのも無理はありませんが、それが詩の魅力といえば魅力なのでしょう。

詩には「守・破・離」は「ない」とも言えるし、「ある」とも言える。どう言ってもよくて、どう考えてもいい。それが詩の自由さと言えるのでしょう。

詩の感想・読解・批評とは

詩を読んだとき、どう思ったり、どう感じたりしたのか。それを言語化することは、結構難しいことだと思います。それに、詩人だからそれができるかというと、そうでもないと思いますので、そこに対して、恐れたり恥ずかしがる必要はないのではないでしょうか。

まずは「おもしろかった」「涙が出そうになった」ということでも立派な詩の鑑賞です。もちろん「わからなかった」というのも感じたことでしょうから、否定することもありませんし、誰しもが否定すべきことでもありません。わからないものはわからないですから。ただ、わかろうとすることも大事な気がします。つまり「感想」なわけですが、それだけで十分だと思います。特に、一緒に詩を始めた友人や仲間ができたら、感想を伝えてあげると喜ばれるでしょう。反対に、自作の感想をもらえたら嬉しいと思います。

この詩はこういうことが書かれてあって、この主体（私など）はこういう心境だったのだろう。そういうふうに捉えることができれば、それが「読解」であると思います。難解と言われるような詩になってくると、どうしても読解ができなくなります。それが多くの人が言う「わからない」につながるわけなのでしょう。でも、必ずしも読解できるように書くのが詩ではないのですから、無理にチャレンジする必要もないと思います。言葉通りに受け取ってみてもいいでしょうし、受け取れないなら、それを無理して読解することもないです。

小説やその他の散文の場合は、この読解が求められてきますから、つい詩においても、同様の過程を踏んでしまうのでしょう。ただ、詩の言葉、フレーズから、自身のイマジネーションを膨らませて読解してしまっても構わないと思います。よく言う「誤読」ということを気にする方もいますが、そう読めてしまったことを否定することもあってはならないのではないでしょうか。

そして、同時代の詩人や詩、過去の詩人や詩など歴史的背景、時間軸なども踏まえて読む場合は「批評」ということも加味されてくるのでしょう。ただ、詩に限りませんが、様々な批評においては、それなりの知識や学びが必要になってきます。詩をこれから読もう／書こうと思っている方が、いきなり批評することはハードルが高いことです。実際、多くの詩の書き手／読み手が一律に批評を展開しているかというと、そうでもありません。

この特集の後半、Aさんの詩の教室の体験談が載せられています。そのAさんが次のようなことを口にしていました。「どの講師の方も間口を広くして、詩を受け入れやすい態勢を整えているのだと思います。わかりやすいことは大事ですが、詩の本来の批評性をうやむやにしてしまう可能性がある。オープンな場に玄人好みの教室もあってもいいと思いますね」

初級・中級・上級とクラス分けをするかどうかは別として、ある程度、詩作も行い、それなりにいい詩を書いてきている中で、今度は「読みを深めていきたい」という心理に傾くのは、多くの方にとって共通していることでしょう。

まずは感想を口にすることがスタートだとして、次に読解を試みる。そして、さらに批評へと進む。おそらくこの最後の批評においては、教室や講座などがアカデミックの場（大学など）では存在していることでしょう。ですからAさんはあえて「オープンの場」という表現を補足しています。

カルチャーセンターのようなところだと採算が合わなかったり受講生が不足して成立しないかもしれません。それだったら、詩の批評を行える詩人の方に「詩の批評をはじめよう」というようなワークショップを開いていただくと、一つのニーズを満たすことはできるのではないか、と考えます。

肩肘張らずに、まずは詩を読んで／書いてみて、自分なりの感想、感じたこと、思ったことをノートなどに書いたり、スマートフォンにメモしておく。そういう楽しみ方をされては、いかがでしょうか。

一般の方が参加できる詩の教室・講座リスト

さあ、前置きが長くなってしまいましたが、本題に移っていきます。まずは情報からお伝えしましょう。二〇二五年三月現在、調べた範囲で開講されている詩の教室・講座のリストを掲げておきます。ただし、この中には大学の学生向けカリキュラムとしての授業は含んでいません。あくまで一般の方が参加できるものに限っています。

おそらく詩に触れようとしている方々は、講師の詩人名を見てもピンと来ないことでしょう。ただ、正直いえば、僕も面識のない詩人の方もいらっしゃいますし、全部が全部、どのような内容なのかはわかりません。ですので、あくまで現状の参考にしていただきたいのと、先ほど触れたように場所と時間の問題がクリアになっている教室や講座について、さらに個人で調べて問い合わせをしていただくのがいいと思います。

こうやって眺めてみると、カルチャーセンターやスクールが開催しているものが目につきます。または自治体が関わっているものもあります。インターネットのサイトなどに詳しい情報が出ていることもありますが、場合によっては各自治体の広報誌（紙）もチェックしてみると、単発の講座が掲載

詩の教室・講座リスト

※ 2025年3月現在、インターネットで検索できたものを対象としています。
※ 教室・講座の内容、日時、費用などは主催者の情報をご確認ください。
休講中、または新規受付を行っていない場合があります。

講師名（敬称略）	主催者	場所	備考
荒川洋治	NHK文化センター	東京	
池井昌樹	よみうりカルチャー荻窪	東京	
石川敏夫	中国新聞文化センター	広島	
神尾和寿	NHK文化センター	大阪	
川口晴美	池袋コミュニティ・カレッジ	東京	
貞久秀紀	NHK文化センター	兵庫	
野村喜和夫	朝日カルチャーセンター新宿	東京	他にも開催
広瀬大志	ライトバース出版	オンライン	
文月悠光	毎日文化センター	オンライン	
マーサ・ナカムラ	NHK文化センター	東京	オンラインあり
松下育男	隣町珈琲	東京	他にZOOMやメールも開催しているが不定期
三角みづ紀	NHK文化センター	オンライン	
望月遊馬	中国新聞文化センター	広島	不定期
八木幹夫	県立神奈川近代文学館	神奈川	大岡信などの作品鑑賞
山﨑修平	目黒学園カルチャースクール	東京	

されていることもあります。常にアンテナを張ってみてください。

あるいは、わかる範囲で主催者に直接問い合わせてみるのもいいと思います。特に、こういった教室や講座は途中参加不可のこともあります。ただ、それでも「今期の受付は終了していますが、来期も開講予定ですので、その際はこちらからご案内します」と親切に対応してくれるところもあるでしょう。

このリストで紹介している松下育男さん、山﨑修平さん、マーサ・ナカムラさんについては、このあとインタビューと対談がありますので、そちらで詳しい内容などに触れています。

一つ特記した方を挙げると、川口晴美さんです。僕の出版社で販売のお手伝いをしている詩誌「観察」があります。創刊号でも詩を寄稿してくださっている赤澤玉奈さん主宰の詩誌ですが、この中では同人たちがそれぞれの作品の合評会を開催しており、川口さんがゲストとして招かれています。その合評会の模様が逐一掲載されていますが、川口さんは詩作品の一つひとつの言葉や行、連において考察・読解し、それを書き手の詩人に意図を質問したり、と相当丁寧に講評されています。僕自身は川口さんの教室に参加したことはありませんが、その授業の様子や内容を垣間見ることができました。

僕個人のことでいえば、松下育男さん、山﨑修平さんの教室・講座に参加しています。それは、この特集を組むために参加しているのではなく、もともと僕自身も詩を書いているからです。山﨑さんとは以前からお仕事のつながりでお世話になっており、二〇二四年四月から講座を開講するにあたりご紹介いただき、現在に至るまで参加しています。

では続いて、松下さんについてもう少し紹介します。

松下育男さんの詩の教室に参加して

僕が初めて松下さんにお会いしたのは、二〇二三年一月、日本現代詩人会主催のイベントで、松下さんが「ライトバース」（ライトバースとは元々は短歌で使われている用語。日常的な平易な言葉などで書かれた詩歌）の講演をされたときでした。その少し前に、僕は松下さんに会っていますが、画面を通してです。

二〇二二年秋に詩人の草間小鳥子《ことりこ》さんが『源流のある町』（七月堂）という詩集を出されたとき、七月堂（出版社・古書店）で対談イベントがありました。そのお相手が松下さんで、僕はそれをインスタライブで観ていました。

松下さんのことは、お恥ずかしい限りなのですが、お名前しか存じていませんでした。しかもツイッター（現X）を通してです。『これから詩を読み、書くひとのための詩の教室』（思潮社、二〇二二年）という松下さんの書籍がよく話題となっていて、その書影を目にする機会が多かったのです（というより〝鳥〟をよく見ていました。書影の文鳥は、松下さんが飼われている「てんちゃん」）。

インスタライブを観たとき、僕はなぜか松下さんに惹かれてしまいました。ソフトな話し方、草間さんへの配慮、優しげな笑み（笑顔というより笑み）、インテリジェンスを感じさせる佇まい。そして何より〝陰〟を感じ取りました。この人に会いたい。この人に詩を読んでもらいたい。ずっとそう焦がれる日々を過ごしました。

その機会がやってきたわけです。先の講演を現地で聴き、話を終えた松下さんにご挨拶をすると、少しだけ言葉を交わすことができました。

それから僕は、リストにある「ZOOMによる詩の教室」への参加を応募しました。少しばかり、その様子をご紹介しましょう。

初参加のときは、詩人（というより歌人でもあり小説家でもある）の竹中優子さんと松下さんの対談回。そこでも松下さんはゲストを立てて、竹中さんの話を巧みに引き出していました。対談が終わると、後半は参加者が提出した詩の講評です。五十人近くが参加していたでしょうか。僕は初めてのことなので、探り探り流れに身も心も委ねていました。

「朗読しますか」

と松下さんに聞かれ「はい」と答える。詩のタイトルは「太陽へ倣え」。以下、ご参考までに前半部分を引用しておきます。

電話局の駐車場に集う人の群れ
調べなど必要ない
台に立った白髪の中に
メロディが詰まっている
ラジオ体操第一、よおーい

まだ午前が肩を回している時間
制服の紺ジャンパーを羽織った人々は
ランバダを踊りたいのを
我慢して頭の中の音を追っている
あ、一個飛ばしてるよ
踵をつけないようにね
跳ね
足を開き、閉じ
腰をくねらせ
ブエノスアイレスに馳せる
（後略）

この詩に対する松下さんの講評があります。本来は非公開ですが、松下さんから許可をいただきましたので、その冒頭だけ引用します（句点と改行の位置は調整）。

「ランバダ」というのはなんか懐かしい響きがします。南米の音楽なので「ブエノスアイレスに馳せる」ということなのでしょうか。なんかおかしさを感じます。そのおかしさは詩全体を覆っているようです。いい感じの軽さを持った詩だと思います。

Ａ４判用紙一枚ほどの講評が綴られています。こうやってまとまった分量の講評や感想をもらったことはそれまで一度もありませんでした。画面を通して松下さんが語りかけてくれる。それと同じ内容のものを後日メールで送ってくれるというきめ細かな〝サービス〟は無性に嬉しいものでした。

なぜ詩の教室・講座に通うのか

詩を読む／書くを始めるに当たって、もちろん各個人が自由に行えばいいわけです。誰の許可もいりませんし、邪魔をする人もいないはずです。ただ、その前段階で「詩を学びたい」ということが先行する方もいるでしょう。また、すでに詩を読む／書くを一定の時間行ったうえで、誰かから「詩を学びたい」と思う方もいるでしょう。

僕個人の体験からすると後者になるわけですが、多くの方が次のようなことを一度は考えるようになるのではないでしょうか。あるいは、すでに同じような経験をしている詩人の方もいることでしょう。

・自分はどういった詩を書きたいんだろう。
・皆はどういう風に詩を書いているんだろう。
・詩集を出している人たちは、どうして（どうやって）詩集を出したんだろう。

簡単に言ってしまうと、視線や心が「外向的」になるということなのかもしれません。それまではたった一人で詩と向き合ってきたのに、ふと周囲が気になる。他の詩人が気になる。そういった瞬間は自ずと訪れるような気がするのです。そういったとき、手っ取り早いのが詩の教室・講座と言えるでしょう。

おそらく詩を読む／書くを始めようと思っている方は、読書好きな方が多いかもしれません。本を読んでいなくとも何かしらの創作が好きであったり、楽曲の歌詞が好きだったりするのかもしれません。周囲の友人・知人も小説好きな方がいたりすることもあるでしょう。

けれど、詩に限定すると、そうそういないのではないでしょうか。少なくとも僕の場合、周囲に小説を読む／書く人は多くいますが、詩を読む／書く人はゼロに近かったです。そうなると、なかなか詩の友人には恵まれませんし、普段社会で生きていると新たに出会うこともほとんどありません。ならば、詩の教室・講座に足を運んでみるのが手っ取り早いというわけです。ここには詩が好きな人、興味を持っている人、学びたいと思っている人、そして、何よりも教えようとしてくれる人（詩人）がいるわけです！

実際、いろいろな教室・講座（合評会も含む）に参加していると、本当に多くの詩人と出会うことができます。その他にも単発のイベントや読書会が行われていますから、「詩人に会いたい」「詩の仲間を作りたい」と思ったら気軽に出かけてみるといいと思います。

松下育男さんと「らんぶる」にて

今回、創刊号の特集を組むに当たって、実際に詩の教室や講座、ワークショップを行った経験のある方に取材しました。なかでも、礼を重んじてといいますか、現在、詩の教室・講座において、松下さんにお話を聞くことが正しい順序のように思えました。個人的に大変お世話になっていることもありますが、松下さんの詩の教室の周知度は高いと思えるからです（一般的というよりは詩の世界においてですが）。

二〇二四年六月、例年同様、暑い夏がもうやってきていました。あまりご負担をかけたくなかったので、ご自宅近くに伺いますと提案しましたが、松下さんは「新宿でいいよ」とおっしゃってくれました。お言葉に甘え、紀伊國屋書店新宿本店二階、詩集コーナーで待ち合わせることに。

その数ヶ月前にも、実は松下さんと二人でお会いしていました。その時も松下さんは早めに来ていらして、案の定、詩集の棚を見ていらっしゃる。ゆっくり棚を見たいから早く来てくださったのかもしれません。

「今日はお忙しい中ありがとうございます」

「いえいえ。どこか喫茶店に入りますか」

雨が降りそうな空模様、それも心配ですが何より蒸し暑い。あまり松下さんを歩かせてしまうのも、と危惧し、

「らんぶるにしましょうか」

と提案すると、松下さんは頷いてくれました。道中の世間話といっても、松下さんとお会いするのは久しぶりではありません。二人で話す機会が多いわけではないですが、これから長時間、お話を伺うのだからあまり喋ってもらわないほうがいいと思い、だんまりを決め込みました。

昨今、らんぶるはやけに混んでいます。地下への階段を下りると、古めかしい昭和の純喫茶の雰囲気（けれど西洋風、ゴシック風）、新宿にしては広いスペースに若いお客さんが詰めかけています。幸い、この日はさほど混んでおらず、すぐに席を案内されました。互いにホットコーヒーを頼むと、僕はレコーダーのスイッチを入れ、さあ取材が始まります。

以降、松下さんのインタビュー、マーサ・ナカムラさんと山﨑修平さんの対談、佐藤文香さんのインタビューと別立てでご覧いただき、本特集のパート3はルポルタージュ風にお送りします。

詩で、もがいている人に伝えたいこと

松下育男

『これから詩を読み、書くひとのための詩の教室』（思潮社）の著者であり、詩人でもある松下育男さんは、様々な形態で詩の教室を開講している。「詩を読むこと」「詩を書くこと」「詩を教えること」「詩を学ぶこと」をテーマに、ご自身の詩における半生を振り返っていただきつつ、お話を伺った。

幼少から詩を読み、書いていた

――いつから詩を読まれていたのでしょうか。

二番目の姉が、詩が好きだったんです。ぼくが小学生のときに、その姉は自分で書いた詩を束ねていて読ませてくれました。「あー詩はいいなあ」とそのときに思ったんです。姉が焦茶色の表紙の中原中也の詩集を買ってくれたのを覚えています。

テレビで、サトウハチローの「おかあさん」「あすは君たちのもの」という番組があって、詩が流れてきていました。昔の番組は冒頭に詩の朗読があったり、と、割と詩に触れる機会があったんです。（萩原）朔太郎とは距離があるけれど、今から思うと自分の書く詩に近いと感じました。詩人になりたいというよりも、サトウハチローのような詩を書きたいと思っていました。

――戦前の詩人を読むことが多かったのでしょうか。

そうですね、詩人と言えば戦前の詩人で伊東静雄、丸山薫とか。高校生くらいの頃は四季派がぴったりきていました。中也、朔太郎、三好達治、特に北原白秋が好きでした。やわらかい詩が好きだけど、心が弱ったときに読みたいかどうかも大事です。

――松下さんの思春期となると一九六〇年代、正に戦後派が活躍していましたが、同時代の詩人たちには興味がありませんでしたか。

谷川（俊太郎）さんは知っていましたけど、大学生になるまで戦後詩に触れていなかったんです。シュルレアリスム、モダニズム、どんどんいろんな詩を読むようになりましたけど「荒地」をはじめとした戦後詩にはただならぬものを感じました。難しいと思ったけれど「こういう詩もあるんだな」という感覚です。自分が詩と思っていたものとはずいぶん違うと感じました。そういう意味ではぼくは頑固だったかもしれない。

ただ、自分が書くようなものだけが詩だという認識は最初からなかったんです。いいところは盗もうという気持ちもありました。詩を読んで感動するときは「こういう書き方もあるのか」と自分の中に取り込もうとしています。

――詩以外のジャンルとの接し方はいかがでしょうか。

やはり詩を読むときはテンションを上げたりしないとならない。準備が必要ですし身構えます。小説やエッセイはそこまでしなくても読めます。詩の通信教室をやっていると「あ、南田さんの詩が来たな、Yさんの詩が来たな」と身構えます。それも楽しみの一つです。

「わからない詩」は減ってゆく

――どの詩人の詩から読み始めたらいいということはありますか。

うーん……やはり谷川さんかなあ。初めて詩に接する人の中には、詩を多く読んでいないけれど、言葉に触れることが好きだという人がいると思うんです。電車の何気ない広告のコピーとか。そういう場合、やはり谷川俊太郎さんがおすすめですね。手に入りやすいし量と質共にナンバーワン、誰も敵わないです。読んで考えさせられる詩ももちろんあります。

とにかく書いているものが幅広い。詩の最も綺麗なものが含まれていて、なぜかいつも「慣れ」という手垢がついていない。ご本人の心情はわかりませんが、人と比べたりしているところもない。谷川さんの中には谷川さんの詩でいっぱいという感じがします。一番幸せで豊かな詩人なんじゃないでしょうか。ぼくはいろいろな詩人のことを書いてきましたけど、谷川さんは存在が大きすぎていまだに書けません。

——最果タヒさんはいかがですか。

最果さんについては、世代がだいぶ違うので、すごいなと思うところと、まだぼくには見えてこないところがあります。ですからここで軽々に言いたくはありません。もうすぐ詩の教室で読む予定をしていますので、その時にきちっと話したいと思っています。もちろんあそこまで若い人を惹きつけるのか、というところには興味があります。

でも、突き放した言い方かもしれませんけど、通信教室でも詩をすでに書いているのに「どういう詩を読んでいけばいいですか」と聞いてくる人もいます。その場合は「やっぱり、自分で探したほうがいい」と答えます。好きな詩人の詩から入って、そこから少しずつ広げてゆくのが一番自然だと思います。人から読んだ方がいいと薦められた本よりも、自分でこれを読みたいなと感じたものを読んだ方が、やっぱり楽しいと思います。

——現代と過去を比べて、詩を読む行為に変化はあると思いますか。

昔と今、詩を読むことの個人的な意義としては変わっていないと思います。おそらく朔太郎や中也の詩の読み方は昔も今も、大きな差はないんだと思うし、それでいい。戦後詩の場合も実は変わっていないのではないかと思います。その当時から変わったのはその時々の顔触れだけです。各時代の現代詩の先頭に立っている人は変わります。

つまり、人は変わっても現代詩の構成というのか、それは変わらないのではないか。抒情詩、実験詩、モダニズム詩、思想詩、いろいろ区分けはありますけどその割合はほぼ一定なんじゃないかな。ただ、全体として縮小しているようです。〝現代詩〟は〝現代〟という割にはいつの時代も変わらない感じがします。

それは詩に限らず企業でも同じです。外資系の会社にいると定期的にトップが代わります。トップは自分の考えている方向へと会社を導こうとします。就任時に自分の方針を述べます。そうすると新入社員などはうんうん頷きますけど、何十年も勤めていると、これまでの社長が言ってきたことを憶えていますから、前に同じことを言っていた人がいるなと感じます。人間が真剣に何かをやろうとすると、案外繰り返しになることがあるんだと思います。

——詩における「わかる」「わからない」については、どうお考えですか。

単純に読む側としては、いろいろな詩を読みたいと思います。ガチガチの現代詩も読みたいし、わかりやすい詩も読み

松下育男（まつした・いくお）…1950年、福岡県生まれ。1979年、詩集『肴』（紫陽社）で第29回H氏賞受賞。2019年、現代詩文庫『松下育男詩集』、2021年『コーヒーに砂糖は入れない』、2022年『これから詩を読み、書くひとのための詩の教室』（いずれも思潮社）など刊行。現在、詩の教室を様々な形式で開講している。（撮影：美東京子）

たい。長年、詩と接していくと「わからない詩」が少なくなってきます。「わからない詩」の中でも、読み方が掴めてくるものが増えてきます。

ただ、考えようによっては、七十代にもなって「わからない詩」があるというのはありがたいことなのかもしれません。全部わかってしまったらおもしろくないと思います。わからないということは、それを解きほぐしているうちに、自分にとっての新しく知った魅力になってくることがあります。人間というのは、わからないものにぶつかりたい衝動を持っています。

現代詩の場合は、なぜか〝わからない〟が障壁になってしまいます。わからないなら「わからない」と堂々と言ってしまっていいのだと思うんです。説明ができないけど好きだという詩もあっていいんです。「どこがいいの？」と聞かれて「いいものはいいんだから」と答えてしまっていいのではないでしょうか。

――松下さんは「現代詩手帖」の二〇一八・二〇一九年シーズン、投稿欄の選者を務めています。そのとき、柳本々々《やぎもともともと》さんと一緒に石松佳さんに現代詩手帖賞を授賞しています。石松さんの詩は、人によっては「わからない」と言います。不遜な質問で恐縮ですが、松下さんはいかがでしたか。

うん、わからないということはなかったですね。意味のない言葉と言葉の組み合わせはありますが、その組み合わせが、特に直喩が今までに見たことのないほどにすばらしいと感じました。

前年の投稿欄も読んでいて、石松さんは受賞しなかったんですけど、ぼくがあの年、選者をやっていたら石松さんを選んでいたと思います。それで自分が選者のシーズンが始まったのに、最初の月には石松さんが投稿してきませんでした。後から本人に聞いたら、やはり前年の投稿疲れがあったようです。

つまり、翌月から投稿を再開して、それから入選が続きました。つまり、自分にとって「わからない詩」というのは石松さんのような詩ではないんです。ですから、石松さんの詩が難解だという方は、もっとさまざまな詩を読んでみるといいと思います。石松さんの言葉は楽器のようです。ストリングスのようです。石松さんが拾い上げて並べて置いた、言葉自体が心地いいんです。それを感じると癖になってしまいます。これまでまったく詩を読んでこなくて、石松さんの詩を読んだときに「すばらしい詩だ」と感じる人がいたなら、ぜひその人には詩を書いてほしいと思います。その人はきっといい詩が書けるかもしれない。言葉に敏感な人というのはいるんです。日常でも些細な言葉に傷つく人はいます。言葉に敏感な人は石松さんの詩の言葉を素直に受け止めて感動するかもしれません。

言葉の意味で人を感動させたいから個人的には、最後には意味に辿り着くとは思いますが、言葉の意味、詩の意味ということだけに捉われない方がいいと思います。意味がなくても感動できるんだということがわかってきますと、自分にとっての「わからない詩」の範囲が狭まってきます。昔の詩人で言うと草野心平のような詩がわかってくるかどうかなんです。

例えば音楽を聴くとき、詞と曲両方があって楽しめる人もいれば、音だけで楽しめる人もいる。詩において意味は大事だけど、意味だけではないんだ、ということです。このことを理解してもらえると、詩の読み方が大きく変わってきます。詩の方というより、詩を読む側が詩の可能性を狭めてしまっていると思うんです。ただ、このことは頭では理解しにくいかもしれません。実際に、そういう詩に出会えないと納得はしにくいだろうと思います。

自分が信じたものしか書きたくなかった

――いつから詩を書き始めたのでしょうか。

小学三年生の頃から詩を書いていた記憶があります。読むことよりも書く方が先でした。小学校の先生が短文を書かせるのが好きだったんです。その延長で、学校から帰っても勝

「現代詩手帖」(1973年4月号、思潮社)

手に短文を書いたりしていました。友達三人でいろいろな題を出し合って書いていました。みんなに読んでもらうと笑ってくれたので、笑わせたくて書いていたようなところがあります。どうやったら人に受けるか、人とつながることができるかを考えて書いていたら、先生が詩というものについて教えてくれました。

　中高生時代は、もっとかっこいいものを書きたかったんです。周りでは北園克衛などを好きな人が多かった。わかりやすい詩は馬鹿にされると思っていたので、人には詩を見せませんでした。ですから自分にとって詩は個人的なものでした。よいものを書けば、人は感動してくれると思っていました。生まれてきた悲しさを人と共有したいという気持ちです。

　状況を気にしたものや、その当時の流行りの詩ではなく、もっと純粋で自然な方法の詩を書きたいと思っていました。○○派というものではなく、自分が信じたものしか書きたくなかったんです。それは詩についてだけのことではありません。世はまさに学生運動の時代でしたけど、安保闘争のさなかの時代でも、自分が感動できないものに身を投じる気持ちはありませんでした。ですからノンポリでした。「荒地」の詩も、よいものはありましたけど、距離を置いて書いていました。

——「現代詩手帖」への投稿をされていますが、その真意を教えてください。

　大学生になる時点で詩歴が十年あったので、なんで大学に入ってまで文学を教わらないといけないんだと生意気なことを思っていたんです。

　高校・大学と詩を本格的に書くようになっても、文学サークルに入ることは嫌だったので一人で書いていました。ノートに詩がたまってくると、さすがに誰かに読んでもらいたくなりました。

やはり当時から「現代詩手帖」は詩の中心という印象があって一九七三年に投稿しました。そうしたら入選したんです。まさかと思いました。選者は石原吉郎さんでした。当時は入選四人で、見開き一ページだったと思います。とにかく嬉しかった。人生最良の日と言っていいくらいでした。正直、当時は石原さんの詩を読んでいなかったので、自分の詩を選んでくれたのだから、というので読み始めました。読んでみれば「ああ、すごいなあ」と感じました。選評の受け取り方としては、「言葉をそのまま信じて書くなよ」「自分の言葉で書けよ」と言ってもらったような気がしました。その後「詩と思想」でも「部屋」という詩が入選しました。その選者も石原さんでした。

〈編者注：松下さんが初めて入選した「現代詩手帖」（一九七三年四月号）。入選者は相沢英子、宮園マキ、阿部恭久、そして松下さんの四名。松下さんは「休日」「今朝」「平気」と三編も採られている。石原の評は、以下の通り。

むぞうさな題にびっくりするが、やはり計算された題だと思う。内容は、大へんオーソドックスな機智にあふれたもの。（中略）これらの機智は、発想をわずかにふみ出したところで、器用に終っており、それが不満なところでもある。

石原は中でも「今朝」がよかったという。短い詩なので全文引用させていただく。

今朝
あなたはまだ
折りたたまれていますね

あなたであることの
ひろがりは
脇のほうから　ひとたばに〉

H氏賞受賞後、詩を中断も五十代で再開

――その後、松下さんは上手宰《おさむ》さんや三橋聡さんらと「グッドバイ」という同人誌を始めました。会社勤めを始めてからも詩は書けていたのでしょうか。

意外と自分は多作でした。働き始めた当初は実家から通勤していて、仕事は経理だったので決算期以外は定時で帰れましたから平日も詩を書いていました。仕事が休みの日は十編くらい書いていたこともあります。純粋に、詩を書くことが楽しかった。詩って、いっぱい書くことで学べることがあり

ます。書いて読んでを繰り返していくと、それだけで学べることが多いんです。

——二十九歳の時、第二詩集『肴』（紫陽社）でH氏賞を受賞されました。反響などはいかがでしたか。

授賞式の当日の朝、NHKの朝七時のニュースでインタビューが取り上げられ、完全に会社に知られて社内報でも報じられました。会社の人たちがお祝いの飲み会を開いてくれたりもしました。口頭で感想を言ってくれる人もいました。でも、会社に詩を書いている人はいなかったんです。六十歳で定年になり子会社に移ったとき、部下の若い男性が詩を投稿していると話してくれたことはあるけれど、それくらいです。

H氏賞を受賞し結婚したくらいから、詩が書けなくなりました。というより、書く詩がつまらないと感じるようになりました。H氏賞受賞はもちろん嬉しかったです。当時は、荒川洋治さんの紫陽社から出た詩集が次々に賞をとっている頃でした。清水哲男さん、井坂洋子さん、郷原宏さんなど。でも、詩の世界は狭くて村のような感覚です。ですから詩の賞を受賞しても世間一般の人とは関係ないんです。

詩を書くことはお金にならないという割り切りはありました。たまに原稿依頼があって原稿料が入ってきてもそれで暮らせるわけではありません。詩を書くって、お金のためでも名声のためでもなく、気持ちの問題かなと思います。書くことが楽しくて、自分の中で納得できるのならそれでいい。

二〇二四年一月、詩人の榎本櫻湖《さくらこ》さんが亡くなりましたね。榎本さんはぼくの先妻（松下千里、詩集『晴れた日』〈遠人社〉を刊行した詩人だが、「生成する『非在』——古井由吉をめぐって」により、群像新人文学賞評論優秀作を受賞した）と同い年で亡くなりました、三十六歳です。

妻の死によって書けなくなったというより、それ以前から書かなくなっていました。当時のぼくの役割は、妻が書いたものをワープロに打ち込むということでした。会社の昼休みに、妻に頼まれた本を買ってきたり、とサポート役でした。一家の中に二人の書き手は、うちの場合は成立しなかったんです。彼女が書くことを続けました。ぼくもたまに原稿依頼があって書くことはありましたけれども、自分でもつまらないと感じていました。ある程度詩人としては名前を知られてきて、みっともない詩は書けない。それらしい詩を書かないといけない。でも、それって何なんだろう。そんな状態でした。妻が亡くなったことで、詩作をやめる決心がついたと言うか。詩を読むこともやめてしまいました。

——詩が書けなくなって、その後、どのようなきっかけで再開するようになったのでしょうか。

中学生の子どもを千葉までピアノレッスンに連れていったとき、教室は狭いから、ぼくは外に出ていないといけなかったんです。それで公園のベンチで待っていると、昔の、苦しんで詩をやめたことを思い出しました。それで、もう一度書いてみようか、これで最後だという気持ちで書きたいように書いてみようと思ったんです。

毎週子どもをレッスンに連れていっていたから、ノートを持参してその公園で詩を書くようになりました。どうせ誰も読まないんだから書きたいように書こうと思いました。そのときに書いた詩で作ったのが『きみがわらっている』（ミッドナイト・プレス）という詩集です。この詩集でおしまいにしようと思いました。誰も気にも留めてくれなかったけれど、小池昌代さんが詩の教室で取り上げてくれたんです。嬉しかった。ところが、もう一つ書いておかないといけないものがあると思い始めたんです。前妻のことです。実は妻が亡くなった翌年、一度書いたことがあったんです。散文だか詩だかわからないものでしたが、どうも感情が先走りすぎてしまい、まとまりませんでした。

朝五時頃起きて詩を書き出勤し、それを翌日も行うという日々が続きました。書きながら泣きました。それが「火山」という長編詩です。当時、佐々木安美さんと詩誌を作ろうかという話をしていた。「火山」は、その詩誌「生き事」創刊号（二〇〇五年）で発表したんですけど、実際はもっと長いんです。思っていたよりも反響が大きくて驚きました。その年の「現代詩手帖」の年鑑号（十二月号）の詩人アンケートで「火山」を挙げてくれている人が多くて、「火山」の一部も掲載してくれました。

――詩を書くこと、散文を書くこと、その違いは何でしょうか。

詩と散文の違いについては難しい。詩のような散文があってもいいし、散文のような詩があってもいい。ただ、どちらかというと、散文で書いたものは決着がついて、詩は決着がつかないという感じがします。詩は切り口の鮮やかさが際立つ文学なのですが、切り口だけではありません。意味があっても意味がなくても、自分が書きたいように書いて、その先で確立した魅力を提示していけばいい。ですから詩は、個々の詩人が作り上げた個別の魅力によるので、なかなか人には伝わらない。

技術的なことを言うと、行分け詩や散文詩にこだわる必要はないと思います。書き始めていくと、自然と形や長さは一定のものになってきます。例えば投稿欄を見て、そこに載っているのが長い詩ばかりでも、それを真似する必要はない。もちろん真似したいなら真似すればいいけど。

――松下さんは詩の教室を開き、毎月何十編もの詩が送られてくると思います。傾向としてはいかがでしょうか。

行分け詩の方が多いです。書き始めの人はその傾向が強い。普通に詩を読んでいると行分け詩の方が多いから当然かもしれないです。ある程度慣れてくると散文詩も書くようになります。あと、読む側からすると、見開きページに言葉が詰まっていないから、行分け詩の方が楽に感じるかもしれない。

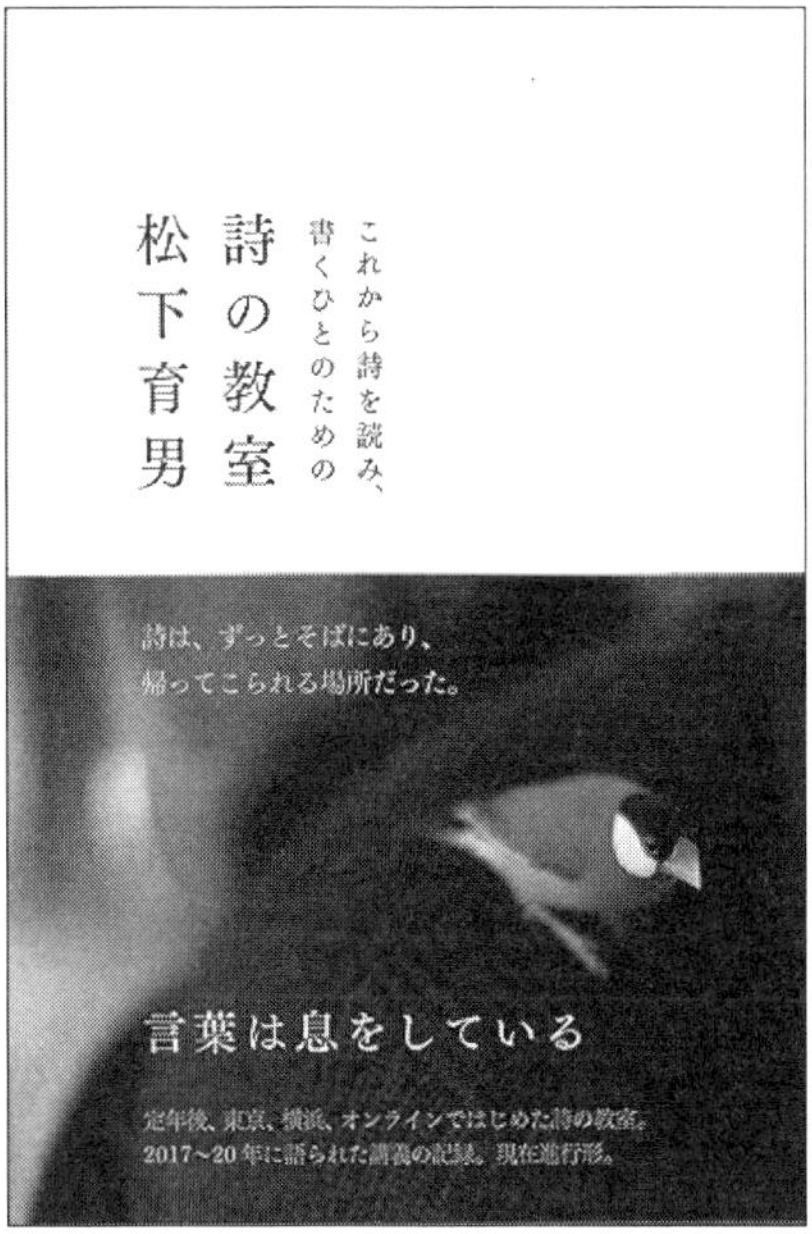

松下育男『これから詩を読み、書くひとのための詩の教室』
（思潮社、2022年）

散文詩は書き過ぎて（説明し過ぎて）しまう傾向があります。でも、それが自然であるなら書き過ぎてしまってもいいと思います。書けてどうしようもないという状態なんだろうし、いずれ書けなくなってくるかもしれない。ただ、そうやって悩むことも大切だと思います。いずれにせよ、自分で決めないといけないことです。

文学を原因に死ぬのはやめよう

――いつから詩の教室を始めたのでしょうか。

定年後に詩の教室を始めたわけではなく、それ以前にも行っていました。三十代では詩誌「詩学」の企画で依頼されて行っていました。当時は「どうやったら人に伝わるか」という意識を皆と共有したい気持ちが大きかったと思います。そういう観点から書くとなると、ずいぶんテクニカルなことを言っていたと思います。

有名な詩人の詩だけではなく、今書かれている詩を読みたい。それなら教室がいいという思いもありました。ただ、むしろ詩の教室を始めたことで「なぜ始めたのか」を考えるようになりました。それで、教室での話をまとめて、思潮社の藤井一乃さんが本（『詩の教室』）を出してくれました。たまに講演にも呼ばれるようになりました。

高階杞一、松下育男『共詩 空から帽子が降ってくる』（澪標、2019年）

文学が原因で苦しむのはやめよう、まして死ぬのはやめよう、という思いを伝えておきたかったんです。フェイスブックやnoteで書いていることをひっくるめると、そういうことになります。詩の書き方というよりメッセージを伝えたいから詩の教室も始めたし、『詩の教室』を刊行し講演もしています。

詩で、もがいている人に何か言ってあげたい。自分自身、友達が少なかったから一つを学ぶのにとても時間がかかった。自分で書いていくことで、そのうちにわかってくるんですけど、一言誰かが言ってくれれば早く解決していたかもしれない。「こうしてみたら?」「これ不要じゃない?」とか、そういう指摘があれば、もっと早く自分の詩を摑めたかもしれないと思うんです。

――指導方法について、お聞かせください。

詩を教えるといったとき、教える側としては、人それぞれの教え方があるとしか言いようがないんです。人によって合う教室、合わない教室があると思います。教室によって、人それぞれに教えられることは違ってくるんだと思います。

教室に参加してくれている方、個人個人の資質や状況（初心者であるとか、真剣に投稿しているとか）というよりも、提出された詩で判断しています。あくまでも詩人個人を講評するのではなく、それぞれの作品の講評をしています。

隣町珈琲（東京・中延）の詩の教室で毎回一人の詩人を紹介しているのは、書くことだけではなく読むことも意識しているからです。読むことによって、書く方への影響も受けます。例えば新川和江さんの詩の良さを真似しないまでも頭に入れておくと、自分の引き出しが増えてきます。その方が詩が豊かになってきます。

――運営について工夫はされていますか。

「詩学」で教室をやっていたとき、嵯峨信之さんとぼくと他に二人いました。自分は前もってコピーして提出詩を読んで感想を用意していましたが、他の三人はその場で読んで感想を言っていたんです。ぼくはその場だと読み取れていないのが怖いので、事前に準備をしていました。ですから最初からそういうやり方をしていました。あと、参加してくれている側のことを考えると、感想はちゃんと渡した方がいいかなと思ったので、Ａ４判の用紙にまとめたものを渡しています。ただ、書いてしまったことについて、当日にもう少し補えばよかったな、という反省もあります。

――詩を教えることに限界はありますか。

それは大切な質問です。伊藤比呂美さんとも話したことあるんですけど、自分たちは詩の何を教えることができるのだろうかと思うんです。結局のところ、これも提出された詩それぞれということなんです。それぞれの詩によって限界は異なってきます。一方で、読み取る側の限界もあります。ですから、これも詩人個人の限界ではなく、個別の詩作品における限界ということです。

――詩を学ぶことについて、お考えや意義についてお聞かせください。

一般的には多くの詩を読めば、書く方がうまくなると思うでしょうけれど、そうとも言えないんです。逆も然りで、ほとんど読んでいないのにうまい詩を書く人はいます。それでもやはり多く読んで、学んでいくと語彙が増えますし、詩の多様な書き方を知ることもできますし、詩の間口が広がります。こういう詩もあると知って書くのと、知らないで書くのとでは違います。自分の位置が見えてきます。うまく先人の詩の良さを吸収し、自分の詩に取り込めるなら取り込んだ方がいいと思います。

教室で詩を学ぶことにより、自作に客観的になれることはあると思います。一人でずっと書いていると、自分の位置がわからなくなりますし、自分の詩の良さもわからなくなってくることがあります。ぼくがやっている通信教室はマンツーマンですけど、やはり複数の方が参加している教室の方が学びは多いかもしれません。もちろん、大勢の前で自作の講評を発表されるのが嫌な人もいるでしょうからマンツーマンを始めたということなんですけど。

――受講生のその後の活動などは気になりますか。

やっぱり自分の教室に通っている詩人たちがいろいろな活

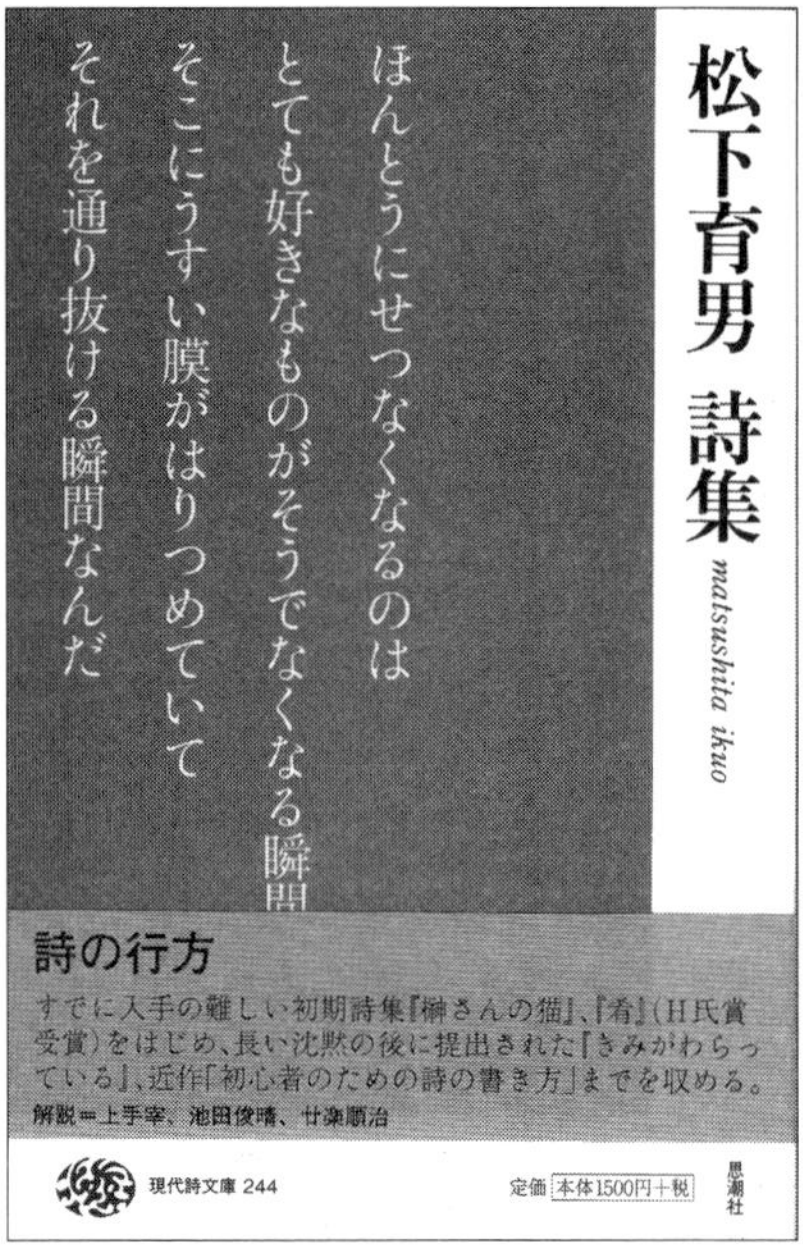

『松下育男詩集』(現代詩文庫、思潮社、2019年)

躍をしたり、それぞれ自身の活動をしているのを目の当たりにすることは喜ばしいことです。詩ときちっと付き合ってくれているな、と感じます。自分の教室で学んだから、投稿で入選したとか、詩集で賞をとったとか、そういうことはわかりません。活躍しようとしまいと、ぼく自身は真面目な人が好きです。そういう人が真剣に詩に取り組めば、当然伸びるだろうと信じています。ぼくが育てたとは思っていません。そういう人が集まってくれたと思うだけです。

自分だけが特別ではないけれど、やはり特別

——現代詩はどこに向かっているのでしょうか。

現代詩がどこに向かっているかは、現代詩の永遠のテーマです。心配なのは、詩の業界が縮小していくことです。単純に「現代詩手帖」などの詩誌や詩集がもっと売れてほしいと思います。

ただ、昔からこういった課題や構造についてはずっと言われているので、ある意味、詩というのはこういうものなのかな、とも思わないでもありません。今が危機というより、ずっと危機の上に立っている。そんな感じです。

仮に商業詩誌がなくても、詩を書きたい人がなくなるわけではない。詩を書きたいという人がいる限りは、何かしらの形で詩は生き残っていくのだろうと思います。ネットの世界や仮想空間に大きな媒体ができるかもしれないし、だんだん分散化していくかもしれない。

音楽も昔は皆知っている流行歌がありましたが、今は人それぞれ好きな曲があるという状態です。今の曲、古い曲といったカテゴリーでは括っていないところがあります。

詩も、詩の良さをそれぞれが摑んでいくようになるのではないかと思います。ただ、何かしらがすぐれた詩を紹介して

ゆく役割は必要なんだろうと思います。どうやって今の若い人たちが好きな詩と出会うのかということに、とても関心があります。

――最後に若い方に向けて何か伝えたいことはありますか。

詩に関わっている以上、あまり年齢は関係ないように思います。ただ、十代二十代の人は学生が多いし思春期ならではの悩みがあるだろうと思います。社会に出たとき、体験したことのない悩みにぶつかるでしょうが、自分の感覚や感性に正直であってほしいと思います。

人生、たくさん感動する方が得だし、放っておくと人間は感動しないものなんです。感動するためにはそれなりに感性を磨くことが大事です。なかなか自分の思い通りにならないし、一生懸命に詩を書いているのは自分だけではありません。つまり、詩にかけているのは自分だけではないということです。そのことを念頭に置いて詩を書いていってほしい。自分のことだけを考えていると、いつか苦しくなってしまいます。自分矛盾した言い方だけど、自分だけが特別、というわけではないんですけど、やっぱり特別なんです。

――本日は貴重なお話をありがとうございました。

（了）

特集・パート2 ［対談］

詩の教室はきっかけの場――試行錯誤を重ねて

マーサ・ナカムラ×山﨑修平

約十年前に投稿欄で出会い、現在に至るまで親交を深めている詩人のマーサ・ナカムラさんと山﨑修平さん。お二人は二〇二四年十二月現在、それぞれ詩の教室・講座を開講している。「詩を読むこと」「詩を書くこと」「詩を教えること」「詩を学ぶこと」を中心に語り合っていただいた。

マーサ・ナカムラ（Martha Nakamura）詩人。一九九〇年生まれ。埼玉県松伏町出身。二〇一四年より『現代詩手帖』への投稿を始め、二〇一六年に現代詩手帖賞受賞。二〇一八年に第一詩集『狸の匣』で中原中也賞を受賞、二〇二〇年に第二詩集『雨をよぶ灯台』で萩原朔太郎賞を史上最年少で受賞。二〇二一年に早稲田大学坪内逍遙大賞奨励賞を受賞。

山﨑修平（やまざき・しゅうへい）一九八四年東京都生まれ。詩集に『ダンスする食う寝る』（歴程新鋭賞）、『ロックンロールは死んだらしいよ』（共に思潮社）。小説に『テーゲベックのきれいな香り』（河出書房新社）。X：@ShuheiYamazaki

〝投稿同期〟として知り合う

――お二人の出会いからお聞かせください。

山﨑　二〇一三年の二月から「現代詩手帖」（思潮社）新人投稿欄へ投稿をしていました。マーサさんは翌年、二〇一四年頃から投稿されたと記憶していますが、投稿欄に掲載されている作品に注目していたのです。

マーサ　山﨑さんの詩は、都会的でハードボイルドな印象でした。初めてお会いしたのは、山﨑さんが参加していた短歌イベントですよね。以前から密かに山﨑さんのSNSを見ていて、そのイベントのことを知りました。山﨑さんが、体から情熱を押し出すように朗読されていたことが印象に残っています。山﨑さんが壇上で「現代詩やっている方いますか」と会場に質問し、私は躊躇しつつ挙手し、ペンネームを聞かれたので答えたら驚いてくださいました。実際にお会いするまでは、中原中也のような風貌の人かと思っていましたね、BATを吸っているような。

山﨑　その後、田中さとみさんを交えて、三人で詩誌「ZUIKO」を創刊しました。それから現在に至るまで、交流し一緒にイベントなどにも参加しています（編者注：二〇二四年十一月二十三日に東京・赤坂にある「双子のライオン堂」で、田中さんの詩集『sleeping cloth スリーピング クロス』（左右社）の刊行記念トークイベントが開かれ三人が登壇）。

――いつから詩を読み始めましたか。

山﨑　小学生くらいです。ただ、小学生なので「これは小説だから読む、詩だから読む」というような明確なジャンル分けをしないで読んでいました。覚えているのは、もちろん「詩」ではありませんが、「ドラえもん」の映画の中で、メタ的に藤子・F・不二雄の言葉が入ってくることがあって、それはひとつの詩的体験だったのかもしれません。

マーサ　私の小学生時代には、雑誌「りぼん」で連載されていた、種村有菜《ありな》さんの漫画がとても流行っていました。作中、詩を感じさせる言葉でストーリーを展開させることがあった。友達に「種村有菜は詩人だよね」と言ったら「その話、もう何回もしてるよ」と言われました。私は中学受験をしたんです。入学試験で「この詩のタイトルを答えなさい」というのがあった。「首を伸ばして／ずっと待っています」という詩があって、答えは「キリン」。それがとても面白くて、帰宅してから親に話した記憶があります。説明文などと違い、自分で解釈しないといけない。そういう遊びの部分に惹かれましたね。

山﨑　読み方としては、詩を読んだから次は短歌だというような、ジャンルを意識して読むものを変えることはありません。好きなものを好きなタイミングで読んでいる。本棚もジャンル分けしていなくて五十音順にしています。

マーサ　えー！　私は本棚は結構、明確にジャンル分けしています。漢方薬が好きなので、その時々の自分への処方といった感じで本を選んでいます。詩を読みたい気分は間違いなくある。旅行するときは、お気に入りの詩集を一冊携えます。そして、まだ読んでいない詩集、好きになるかわからない詩集も、十冊くらい持っていく。この中に自分を捉えてくれる一行があればいいなって。あと、詩を読みたいときは自分なりに解釈して遊びたいときかもしれない。

『尾形亀之助詩集』(現代詩文庫、思潮社)

山﨑　海外の詩が好きです。翻訳調ということもあって、現在の日本語の体系とは異なるなにかがあり、中学・高校のコミュニティでは使われない言葉に触れられることが心地よかった。

マーサ　尾形亀之助の現代詩文庫が特に気に入っています。亀之助の詩を読んだことで、他の詩の良さがわかるようになりました。詩なのに、どう考えても倫理的に正しいことを言っていないところに惹かれました。詩というのは、相田みつをや金子みすゞの作品のように、全て倫理的であって、人の背中を押すようなものでなければならないと、当時は思っていたんです。「犬は馬ぐらい大きくした方がいい」というような詩があって、とても自由だった。美意識の押し付けもなく心地いい。

詩を読む・書くことは社会批評ともなる

——よく「詩はわからない」と言われますが、どのようにお考えですか。

山﨑　ずっと向き合っていかないといけないことと考えます。現代詩に限らず「現代」と付くものは、大概「わからない」と言われます。それは当然でもあり、自分たちがいる「今」を完全にわかるはずがない。百年くらい時間が経って振り返ってみたとき、あの時代はこうだった、と定義するようになってくる。現代詩だけが背負っている宿命ではないでしょう。ただ、前提として詩の基礎的な力、構成の不成立による「わからない」はそもそも詩として成り立っていないという判断になります。作り手の意図として「わからない」ものを「わからない」ままに提示した場合、詩として読み解くようになるので、そこは補足しておきます。初期のピカソの精緻なデッサンのあとに晩年の作品を観て、細かいところまではわからないが、作品として受け取る。同じように現代詩においても、読解のヒントとなるようなコードなどを共有できるようになればいい。けれど、「わからない」ことに引け目を感じる必要はない。反対に書き手も「わからない」ものを作らないといけないわけではない。「わからない」ということで止まってしまってはいけない。

マーサ　私が通っていた予備校の先生が、『「数学は明確な答えが出るから好き」』なんて自信満々に言う学生がいるけれど、それは数学の初歩の初歩しか知らないということだから、恥じた方がいい。数学のほとんどの問には、解がない」と言ったことがありました。数学と同じように、詩や小説にも「解なし」があるのだと思います。私は「わからない詩」は二つに分けられると思います。一つは、読む人自身がその詩を読む段階に立っていないとき。実際、二十代の頃に、ある詩人の書く詩の良さがまったくわからないことがありました。三十路に入って読み返したら、めちゃいいと思った。その都度、好きな詩も変わってきます。もう一つは、言葉では言い表せないものを詩が表現しているとき。思い浮かぶのは杉本真維子さんの詩などです。宮城県の方言、仙台弁で「いずい」という、「むずむずする」の意味の方言があるんですが、「いずい」の感覚を標準語で正しく説明し直してほしいと言うと、宮城県民は言葉を失うという。言葉と言葉の間にある感覚なんでしょうね。

山﨑　私の詩は、そもそも「わかる」「わからない」の尺度では読まれていないかもしれませんね。一つひとつのワード、フレーズに対して「おもしろい、好きだ」という反応が多いです。

マーサ　私は「難解すぎてわからない」とも言われるし「他の詩人の作品と違って解釈の余地が少ない。わかりやすすぎるからつまらない」と、どちらもありますね。

――詩を読みたい方へ、おすすめの詩人はいますか。

山﨑　一人は中尾太一さん、もう一人は吉増剛造さん。両者共に現代詩文庫（思潮社）に入っています。さまざまな背景にもよりますが、よく薦めていますね。周囲にも、特に他ジャンルの方が、中尾さんの詩の自由さ、楽しさ、豊かさを感じ、そこから入って他の詩人を読むようになった人が少なくない。他方で、初めて詩を読む人には強烈な処方箋ですが、吉増剛造さんの詩を読んで詩ではないと思わないでしょう。わかるわからないの理知を超えたところが面白い。言葉が通じているのかさえわからない。ある朝、起きたら食卓に直径三十センチの紫色の球が置いてあったら「何だ、これは」と思うでしょうが、そういう感じ。この感覚を読んで味わえるのはそうそうありません。詩は学校教育でも学ぶので先入観で固められていることがあります。道徳的、教育的なツールの意味合いが大きい。これから読む人に、そういう固定観念を打ち破るものを薦めたい。もちろん、教科書に載っている朔太郎や中也の詩が教育的な内容だというわけではないです。

マーサ　こういった類の質問を受けると、合コンの幹事を頼まれているような感じになるんですよね（笑）。

山﨑　どういう意味ですか。

マーサ　「誰かいい人いない？」と聞かれて「この人どう？」と答えたら「うーん」と微妙な反応をされるような。それに近いものを感じる。結局、みんな合コン的な出会いより自然な出会いを求めているのでしょう。手っ取り早いのは現代詩文庫。千冊もあるわけではないので、片っ端から読む！　それでもおすすめを聞かれるときは明治・大正・昭和初期を除き、現代の詩人、特に一九七〇代生まれの詩人の作品が、私と同世代には響くんじゃないかな。良い距離感をもって読める気がしています。例えば蜂飼耳《はちかいみみ》さん、日和聡子さん、杉本真維子さん、岸田将幸さん。どこか、二学年くらい上の先輩の言葉を聞いているような感覚になるんです。読んでいると落ち着く。学生時代の部活動も、すぐ上の学年の先輩より、二学年くらい離れた先輩の方が落ち着いて話せました。

山﨑　詩を読むこと、書くことは一つの社会批評にもなると思います。そこまで大袈裟ではなくとも、今現在自分がいる位置を把握する行為。様々な出来事が起きるなかで、詩を読むこと、書くことは決して浮世離れしたことではない。極めて現代的かつ現実的なこと。日常の営みの中に、詩の読み書きがあることで「考える」ことが加わることにもなります。また、詩を読むことは先人の考えに触れる機会にもなります。例えば、戦後詩の潮流のひとつに「荒地」がありますが、彼らが何をどう乗り越えようとしたのかを辿ることができます。

マーサ　小説もそうですけど、詩は自由度の高い文学。どこまで文学の表現が行き届くか、文学好きの自分としては見ておきたいですね。現代詩を追い続けていけば、その先端を見られる期待がある。そこから目を離してしまったら、もうついていけないのではないかなあ。あとは、今の私が詩を読んでいなかったら、もっと孤独な気分だったと思うんです。文学を「共感」の尺度で見ることへの批判はあるけれど、詩においては大きな鍵になる。難解な詩であっても「何かわかる気がする」という思いが詩を読む鍵になり、だんだんその詩の世界が見えてくる。私が詩を読み始めた二〇一〇年代より、「共感」という言葉がＳＮＳでもよく見られるようになりました。ここまで「共感」が求められている時代はなかったのではないかな。反対に言えば「共感」が得られにくい世の中になっている。現代詩は「共感」不足なのかもしれない。尾形亀之助の詩に出会ったとき「その気持ち、よくわかる!」と思いましたから。これは荒川洋治さんがおっしゃっていたことなんですが、好きな詩を見つけるということは、親友に出会うようなものだと。親友になる人とは、説明のために言葉を多く重ねなくともわかり合えますよね。ひょっとしたら、今「共感不足」で苦しんでいる人は、詩を読むことによって埋められる部分があるかもしれません。多くの人が、好きな詩と巡り会えるといいなと思いますね。

山﨑修平『ロックンロールは死んだらしいよ』
(思潮社、2016年)

書きたい衝動が現状を打破する

——いつから詩を書き始めたのでしょうか。

山﨑　二〇一三年二月、歌人の黒瀬珂瀾《からん》さんの歌会に、服部真里子さんが誘ってくださいました。それまでは書くことはせず読む専門、書き手への畏怖というものもあった。その日、初めて短歌を作ったら黒瀬さんが評価してくださいました。帰り道に「もう詩は書いているのですよね」ときっかけをもらえたのでその日の夜、早速詩を書いてみた。その詩を「現代詩手帖」に投稿したら入選し、その後、第一詩集『ロックンロールは死んだらしいよ』(思潮社)の表題作となりました。結果的にですが、書きたい衝動があったのでしょう。たまに「私なんかが書いてもいいのでしょうか」「投稿してもいいのでしょうか」と聞かれることがあります。誰かに背中を押してもらいたいという気持ちがあって、押された瞬間、マグマのようにその衝動が爆発することがあるのかもしれない。偶然が必然になる瞬間といいますか。

マーサ　私は大学生のとき、蜂飼耳さんの講義を受けて、詩に触れるようになり、自分でも書き始めました。当時は、小説を書こうと思っていたんです。けれど、尾形亀之助の詩に出会い、詩のおもしろさに目覚めました。中学・高校で亀之助の詩と出会っていたら、もともと小説を書こうとは思っていなかったかもしれません。大学受験が思うようにいかず、やさぐれた感情をいつまでも引きずっていました。誰かのために生きるのではなく、自分のために生きようと思い、文学部への進学を決めたという経緯がありました。表現したいものはあったけれど、小説という手法では表現できない部分があった。何もうまくいかないし「死にたい」とも思っていましたね。でも、死ぬ前に何か一つ残しておきたい！　当時、「遺書」というテーマで連作詩を書いていましたが、まったくよくない。あまりにひどいから、死のうと思わずに真面目に書くようになりました。希死念慮に悩む文学青年は多いと思うけど、生きる方に向かって書く方が不思議といいものが書けると言ってあげたい。自分にとって書きたい衝動は、今の状況を打ち破って、どうにか生きたいという衝動だったのかもしれません。

――詩と散文の違いについて、どうお考えですか。

山﨑　詩においても、散文においても、規範などをゼロベースにしてから立ち上げている感じです。出来上がってきたものはその都度異なってきます。たとえるなら変換プラグの差かな。様々なジャンルを横断して書いている人はいる。書いている人間は同じ、脳も身体も一つなので、ジャンルは異なれどそれでも根本は変わらない。

マーサ　自分に関して言えば「説明」が大きなキーワードです。詩を書いていて「めちゃくちゃ説明になってるな。ダメだな」と思い、反対に散文を書いているときに「説明が足りないな、ダメだな」と思っています。賛否はあるでしょうが、百人が読んで、ある程度同じ情景を思い浮かべることができるように書くのが、小説や随筆。詩はそうじゃない。実験的な試みもあるけれど、詩の場合は説明が多いと、これは詩ではないと感じてしまう。詩と小説の断絶は、そのあたりに感じています。

山﨑　基本的には書きたいものを書いています。書きたいものか、そうではないかは読むと伝わると思うんです。作者とテクストを結びつけすぎるのはよくないですが、筆致が物語っているところはある。「この人はこれを書きたかったんだな」と読み手には伝わる。先ほどの「共感」についてですが、人間は孤独でありながら、社会的生物なので求めるのは当然のことだと思います。雪山で遭難し、前方にキャンプファイヤーしている人たちを見たら嬉しいのと一緒。その一点で救われることもある。一方で「これは受け入れない」という共感の仕方もあります。ですので、書き手が背負い込むことはないのではないでしょうか。

マーサ　現代詩手帖賞を受賞したばかりの頃に、詩の朗読会に観客として参加しました。終演後、観客席で私に声をかけてくださったのが、榎本櫻湖《さくらこ》さん。「今はなるべく、詩人が集まるイベントには顔を出さない方がいい。ちやほやされて、方向を見失うから」と助言されました。詩の道を歩く先輩として、聞いたら噴きだしてしまうようなアドバイスをくれる方でした。その言葉が強烈に印象に残っていて、いまだに、イベントにはあまり顔を出さないようにしています。山﨑さんの言うキャンプファイヤーに行ったら、心地よくてそこから抜け出せなくなるかもしれない。歯を食いしばって去るようにしています。自分の詩の評価を他人に委ねてはいけない、と思っています。読むときの鍵は「共感」ですが、書くときは異なる。「共感」を鍵にしてはいけない。若い詩人からお悩みメールなどが届くことがあります。ほとんど答えていないのですが、「今の詩人の書く詩に全然共感できません。自分は詩を書く資格がないのか」というのがありました。そうした相談に応じるときには、リルケの『若き詩人への手紙』（新潮文庫）を問答無用で薦めます！　我を忘れて書く瞬間があるならば、もう十分に詩人になっていると思います。

マーサ・ナカムラ『狸の匣』（思潮社、2017年）

山﨑　人それぞれなので、特に技術的なことで、こうやって最初は書いた方がいいというのはないですね。例えば、最初は小説を書いていて親しみがあるという人は散文詩風になるでしょう。短歌や俳句を親しんできた人は行分け詩になるかもしれない。

マーサ　本当に詩を初めて書く場合、どこにどの言葉を置いたらいいのかから悩むと思います。一行一行に躊躇ってしまう。詩は削る作業が大切と思うので「行分けと散文で迷うなら散文詩を書いてみたら?」と答えます。言葉がたくさん出てくる体操をするイメージ。とにかく蛇口全開にして言葉を出す。散文詩なら言葉をどこに置くかという躊躇もない。そこから不純物を取り出す作業をする感じです。

詩を書くことのきっかけ作り／信念に基づいて講評

——山﨑さんは目黒学園カルチャーセンター、マーサさんはNHKカルチャー青山で詩の教室・講座の講師のご経験がおありです。最初にオファーが来たとき、どのような心境でしたか。

山﨑　「現代詩手帖」で一年間「詩誌月評」を担当したり、「読書人」で「文芸時評」をやったりと、自分の中で創作と批評両方に力を入れてきました。詩の講座も批評行為の一環と捉えています。受講者の方の作品を読む。これまでの自分が試されているというのか、脳を振り絞って、一つひとつの作品に立ち向かっています。例えば、この詩は文学史的にどこに結びつくのか、近い傾向の詩人は誰なのか、作品のどこに惹かれたのか。そういう批評の実践の場をいただけた嬉しさがありますね。

マーサ　最初はとても悩みましたね。詩を書くときにはとても苦しむし、多作でもない。そんな自分が詩の書き方を教えられるのか……。華道みたいに、「○○流で詩を十年間習い、師範をとった私が教えます」といったことではないし、自分自身、詩への取り組み方に波がある中で、論理化して伝えられるだろうか。そもそもどうやって教えるのかと深く悩みました。雑誌「望星」(東海教育研究所)で現代詩のコーナーを担当していて、対談した際、ある方に「現代詩がもっと読まれるにはどうしたらいいか」と問いかけたところ、「書き手を増やすことではないか」と答えられました。それがきっかけとなり、同誌面で投稿欄を始めました。最初は佳作だけ選びとる形でしたが、今は投稿者全員に講評を書いています。一言でも言葉をかけることができれば、この人は大きく変わるのではないかと思ったからです。それが好評でした。詩を教えることは難しいと思います。でも「望星」で得た経験をもとに、詩の教室の受講生に対しても、「こうしたらいいのでは」ということと、「こうした情景が見える」ということは伝えるようにしています。

山﨑　以前からワークショップはやっていたので、その間に試行錯誤していました。詩の講座は、先生と生徒というより、詩について相談できる相手くらいに思ってほしい。詩の講座に通おうと思って実際に通ってもいざ詩を書くとなると、なかなか書けないかもしれない。「詩はこういうものだ」「こうあるべきだ」という呪縛を取り払っていくと、案外スルスル書けたりする。自分から驚くくらい言葉が出てくると、本人も嬉しくなりますよね。書くまでの過程が詩です。具体的な講座の流れとしては、前半に詩を書くために先人の詩を読むことを行っています。読んだことを自分の糧にしてしまえばいい。つまりきっかけです。かねがね全ての人は詩人だと思っており、何かきっかけがあれば書ける。その人しか書けない詩を掬い上げる。そのお手伝いをしている感覚です。後半では受講者同士の提出詩の講評・合評を行っています。それも書く上でのきっかけ作りとなる。読むことは書くことにつながります。自分自身が好きだから、こう改善した方がいいのではと言うのではなく、その人が持っている方向性によりプラスされていくものは何かという視点が大事です。

マーサ　詩の教室を始めてから半年は、講座のスタイルを試行錯誤していました。詩を書く上で糧となることを「絶対に」言わなければならないという〝強迫観念〟のようなものがあって、自分ばかりが喋っていました。そうしたら、目に見えて不評なことが、教室の様子から伝わってきました。以前「望星」の投稿欄で「こうした方がいい」という助言めいた講評をしたら、激怒されてSNSで書き込まれたことがあったんです。それがショックで、投稿者に率直な助言を投げかけることをやめていた時期がありました。同じように、詩の教室でも率直な助言を避けていたら、「厳しいことや改善点を言ってくれないと、お金を払っている意味がない」と言われて驚いたし、心に響きましたね。「本当に厳しいことを言ったら泣いてしまうのではないか、それでもいいのですか」と言ったら「それでいい」と。それで実際にそうしたら、晴れやかに笑っていらっしゃいました。俳句の夏井いつきさんのように、ズバッと言う人を求める方もいるんですよね。それからは、多少恨まれたとしても、自分の信念に基づいて講評に臨むようにしています。つまり原点に返ったんです。それと、受講生自身にも話す機会をなるべく与えるよう意識しています。

――詩を書くことを学んだ経験はありますか。

山﨑　詩を書くことを学ぼうと思ったことはありません。けれど「現代詩手帖」への投稿の際も書き方はわかっていないんです。結果的に入選して掲載されたから詩として評価されたのだろう、という認識。そのときの自分が思うままに書いています。それと、単純に周囲に詩を教える方がいませんでした。もしいたら、その人の授業を受けていたかもしれない。ただ、黒瀬さんや服部さんのように短歌の方が周囲にいらしたので、自作に対するレスポンスをいただけたのは大きかったです。詩を書くこと、読むことに対して悩む時間こそが楽しい。詩の教室で学ぶこと自体、きっかけにはなるけれど、最終的にはその人自身が背負うもの。安易ではないにせよ、簡単に誰かに答えを求めない方がいい。突き放す感じになるが「悩んだ方がいいよ」と言いたいです。

マーサ　大学で受けた蜂飼耳さんの講義が、詩を書く起爆剤となりました。大学を卒業して二年が経とうという時に、あの頃みたいにまた詩が書きたいと思いつき、「現代詩手帖」への投稿を始めました。「蜂飼先生に相談メールを送ろうか」と、悩んだことが何度もありました。でも、すでに退職されていて連絡先がわからなかった。山﨑さんが言うように、相談相手がいなかったのがよかったかもしれませんね。自分ひとりでもがき苦しんだからこそ、得られた気づきがあった。場合によっては、相談相手が手の届く範囲にいることは不幸かもしれない。けれども、詩の教室に通うことで、詩を書きたいという気持ちや意欲が育つことはあると思います。

現代の詩人が抱えるそれぞれの使命

――詩の業界全体における課題はありますか。

山﨑　詩の業界は、非常にマッチョで閉鎖的な世界です。権威性に無自覚な振る舞いをしていないか、常に自身を問うていかないとならないと思います。詩を多く読むことは大事だけど、千読んだ人が百しか読んでいない人に「努力が足りない」と言えるものではありません。「なんでこんな名作も読んでないの」という発言がまかり通ってはいけないと思います。そもそも自分の快楽のために読んでいる。詩を読む、書くことは誰に求められているわけではない。自分のためのもの。これから詩の世界に入ろうとする人がどう感じるかが心配ですね。SNSをやっている詩人も多いので、ともすれば社交的に振る舞わないといけないという懸念もある。もっと風通しがよく、温かく迎える環境にしたい。一方で、自分自身としては「群れない、媚びない」というスタイルでありたい、というより一人で逃走し続けたい。

マーサ　川柳の世界は、新人賞がないという話を聞きました。若手にとっては大変らしいですね。現代詩界隈の若手は大変だと言われているけれど、「現代詩手帖」をはじめ商業誌に投稿欄はあるし新人賞もあるので、周囲と比較すると「そこまで厳しい状況ではないのかな」とも感じる。かつて自分がそうであったように、詩を食わず嫌いしている人たちがいるので、その層を取り込めたら、お互いにとっていいですね。やはり、詩を書く人を地道に増やしていくことでしょうか。自分はいち詩人に過ぎないと思う一方で、現代詩の新人賞を受賞したということは、そういった責任の一端を担っていく役割があるのかもしれないとも考えています。そうした思いから、詩の教室や、投稿欄の選者を地道にやっています。

——最後にこれから詩を書こうという方、書き始めている方へメッセージをお願いします。

山﨑　自分自身、詩に救われたところが大きい。受け取ってきたものを自分の中だけで堰き止めてしまうのは惜しいので、どうやって次世代に渡せるかを考えないとなりません。ただ、押し付けるのではなく、時代に合ったアプローチが必要です。教える、教わるという一方向だけではなく、より柔軟にやっていきたい。昔ながらの一つのものを大事に守ってやっていくというよりかは、どんどん新しい解釈を取り込んでいく。他ジャンル交流も含めて、その営みを絶やさず続けていく。それが自身の使命です。特に若い方は進学や就職によって、詩から離れてしまうこともあると思います。五年後、十年後に立ち止まって詩を読むこともあるでしょう。それが支えや救いになることも。今、詩を読んで書いて楽しいというのであれば、続けていってほしい。

マーサ　私自身、ずっと〝詩を読める人〟になりたいと思っていました。高校生のとき、鞄に一冊の詩集を忍ばせていたら素敵だろうなと思って、室生犀星の詩集を手に取ってみたけれど、そのときは面白さがわからず読めなかった。詩を読めるようになったら、世界が変わるんじゃないかと期待して、「詩あ」を手に取っている方もいるのではないでしょうか。詩を読めるようになりたいと願っている人は、ひょっとしたら、心の情緒的な部分に渇きを感じているのかもしれません。詩が潤してくれるだろうと直感しているんだと思います。騙されたと思って、現代詩文庫を片っ端から読んでみることをおすすめします。「詩を読む才能がない」と思っている人でも、まるで親友のように大好きな詩に出会えること請け合いです。

山﨑　ありがとうございました。お互い健康に留意しながらしぶとく続けたいですね。

マーサ　山﨑さんとのお話、一人の書き手として、私自身も励まされるいい時間でした。引き続き、研鑽に励みます。こちらこそ、ありがとうございました。

（了）

自分にしかできない俳句や詩の教え方を追い求めて

佐藤文香

俳人として活躍されている佐藤文香さんは、二〇二三年に詩集『渡す手』（思潮社）を刊行した。翌年、中原中也賞を受賞し、俳句を続けながら現代詩も書いている。小学生向けの詩のワークショップの講師を務めるなど、活動も幅広い。今回は「詩を教えること」を中心にお話を伺った。

言葉は楽しいもの

——最近講師をされたワークショップの内容について、お聞かせください。

杉並区の公共劇場「座・高円寺」で開催されている「みんなの作業場」という小学生〜中学生向けのワークショップ（WS）で行った内容をお話ししますね。この企画では、演劇や工作、いけばななど、ジャンルにとらわれないプログラムを実施していて、二〇二三年には俳句のWSの講師を二回やらせていただいたのですが、二〇二四年は「言葉のWSをやってほしい」と依頼されました。そこで、自分自身、自由詩の秘密を探りたいという思いから詩のWSを提案したんです。私が「座の文芸」と呼ばれる俳句出身なので、連句や連詩のようなみんなで作る経験もできるWSはどうかなと。しずおか連詩の会に参加することも決まっていましたし。文学的ではない、かつての私のような子が楽しめるアプローチを考えました。

言葉と言葉の〝距離〟を、テープを貼ることで視覚化し、連想する言葉へジャンプする。似た言葉に戻らないという「打越」の概念も、体を使って味わってもらいました。文学に興味がなくても、その後忘れたとしても「詩の会でジャンプしたな」ということは覚えてくれているかもしれない。

——やってみて手応えはどうでしたか。

オノマトペを使った詩の紹介や、ジャンプの考え方を使った各自の詩作も含め、初めの狙いとしてあった「言葉は楽しいものだと思ってもらうこと」「言葉同士の距離を理解してもらうこと」「自分で詩を作ってもらうこと」を達成できた

座・高円寺　みんなの作業場
ことばでジャンプ〜はずむ詩、とぶ詩、つながる詩〜
2024年5月26日　佐藤文香・原 麻理子

左写真
投影されている詩：はせみつこ「はやくちことば」
はせみつこ編・飯野和好絵『おどる詩 あそぶ詩 きこえる詩』（冨山房インターナショナル、2015年）より

と思います。運営の方が慣れているので手助けしてもらえました。とくに「子どもを否定しないように」という観点。飽きてしまう子のための対応も考えていました。

――これからもこういうWSや詩の教室などを行っていく予定でしょうか。

私は今まで俳句甲子園のOGとして、高校生向けのWSをやってきました。言葉の楽しさを知ってもらったあと俳句実作、その後、対戦形式となる。それ以外にも小学生、一般の方向けの俳句WSの講師をすることもあり、現在、カルチャー講座で教えてもいます。ですが、詩の講座は、まず自分が受けてみたいですね。他の詩人の教え方を知らないので興味があります。そして、自分自身にしか考えつかない方法を考えたい。WSなどの企画内容を考案することが楽しいんです。ゆくゆくは、現場の先生にアイデアを活用してもらえるようにしたいです。

――過去に俳句と詩の両方をつかったWSをされたと伺いました。具体的にはどういった内容でしょうか。

灘中学・高等学校の「土曜講座」で、年に一回俳句を教えています。二〇二三年は詩を読んで、その詩のエッセンスや

言葉を抽出して俳句を作るというWSをやりました。

まずは高校生にも心が通じるだろうという詩を読んでもらいました（西脇順三郎「花」、青野暦《こよみ》「窓」、石松佳「ハイ・ウォーターズに住む双子たち」、大崎清夏《さやか》「遺棄現場」）。他の文学作品に影響を受けて俳句を作るとはどういうことか、「本歌取り」や「ふまえる」、「オマージュ」について知り、どんな言葉やイメージなら下敷きにできるのか考えました。これなら創作するだけでなく詩の読解につながります。漫然と読むのではなく能動的に詩を読む試みです。

同時代の詩人の詩を読み、書く

——ご自身は、詩を学ばれた経験はおありでしょうか。

現代詩を書くようになるとは思っていなかったころ、同時代の別ジャンルの作家として、三角みづ紀さんや大崎清夏さんらの詩を読んでいました。実際に書こうと思ったのは、岡本啓さん、石松佳さんの詩を読んだのがきっかけです。とくに、石松さんの詩からは比喩について多く学びました。

〈編者補足：二〇二三年五月に東京・西荻窪にある今野書店のイベント「竹中優子詩集『冬が終わるとき』、石松佳詩集『針葉樹林』、夏野雨詩集『じゃんけんをしながら渡る歩道橋がいちばん好きだ』批評会」というイベントが開かれた。登壇者は佐藤さん、カニエ・ナハさん、歌人の井上法子さん〉

また、青野暦さんの詩からは、自然体の言葉がどう詩になるかを学びましたね。青野さんが詩集『冬の森番』を編むとき、岡本啓さんにアドバイスをもらったと聞いて、私もまず岡本さんに見てもらいました。『渡す手』で、岡本さんと担当編集の藤井一乃さんの編集方法を間近で見られたことが、これまでで一番大きな詩についての学びでした。最近だと久谷雉《くたにきじ》詩集『花束』の、和語による表現に注目しています。私にとって詩集を読むことは、他の詩人の書き方をインストールすることでもあります。

——読み解くのが難しい詩には、どう向き合っていますか。

詩はわからなくてもいいと思う反面、それでいいのか、という思いもあるんです。部分的にわかる・わからない、全体的にわかる・わからないがありますよね。今ある詩をすべてわかったうえで解説することは不可能ですから、わかること、わからないことを分解して部分的に理解することを蓄積し、読みの応用を利かせていきたい。今後は昔の詩も読んで、技術や教養を少しずつ身につけていきたいです。

——朗読について、どう捉えていますか。

俳句には朗読文化はあまりないのですが、句会では必ず俳句を読み上げます。大きい句会だと披講（読み上げ）担当の人がいることもある。俳句を生の声で聴くことができる。句会はある意味朗読会なのかもしれません。

現代詩ではリーディングがありますね。アメリカでポエトリー・リーディングを聴いて、英語があまりわからなくても、いいものだと思えました。私はもともと他の作家の作品を声に出して読むことが好きでしたが、今は自分が詩を書くようになったので、自分の作品を声に出して読むのもいいなと思っています。これも、他の方のやり方を見ながら、技を習得していきたいです。

——最後に、詩を書くときに気をつけていることがあれば教えてください。

書いたあと言葉のひとつひとつを精査するのはもちろんですが、私らしさということを考えると、主観と客観をどう出会わせるか、でしょうか。没入して書くこともあっていいけれど、それに自覚的でありたいです。

あとは、詩に笑いを取り入れたいです。爆笑できるような詩があっていいし、深刻な詩でも一箇所くらい笑えるところがないと、逆にリアリティがない気がする。俳句も詩も、みんな真面目すぎませんか（笑）。子ども向けの詩はもちろん、ふつうの大人にとっての高度な娯楽になり得るような詩がもっとあってもいい。笑いのある詩は、教育の現場でも紹介しやすいですしね。

——これから詩を学ぶ方にとっても大変貴重なお話だったと思います。本日はありがとうございました。

（了）

佐藤文香『渡す手』（思潮社、2023年）

詩の現場ルポ／詩の教室体験談

南田偵一

〈杉本真維子さんのワークショップ体験ルポ〉

二〇二三年に萩原朔太郎賞を受賞したのは「詩あ」創刊号でも詩を寄稿してくださっている杉本真維子さんだ。詩集『皆神山』（思潮社）で受賞したのだが、本書の装幀などのデザインを行っているのは「詩あ」と同じ、水戸部功さんである。

朔太郎賞を受賞すると、前橋文学館で企画展が開催される。二〇二四年六月八日から始まり（九月二十三日まで）、僕はその初日に赴いたのだが、七月にまたもや前橋文学館を訪れた。杉本さんが行う「小石を観察して詩をつくろう！」というワークショップに参加するためだった。

詩の教室や講座となると連続しているものが多い。年間とまではいかないまでも半年間、つまり一ヶ月に一度というペースが多いだろう。もちろん四半期ごとというものもある。その場合、事前に入会金などを支払うことが多い。だが、ワークショップの場合は単発のものが多いので「まずはお試しで詩を習ってみたい、触れてみたい」という方にはワークショップがおすすめだ。しかも、ネットで調べると、割と全国的に行われており、自治体が主催の場合が目立つ。

今回の杉本さんのワークショップの特徴は「小石」だ。事前に自分で石を拾ってきて持参し、それを見ながら詩を書くというもの。杉本さんはそれまでも「手のひらを見つめて詩を書く」といった創作講座も開かれている。「固定観念から抜け出し、自分の五感を軸に『もの』をとらえる」（「信濃毎日新聞」二〇二四年五月二十六日付）実践例として手のひらをモチーフとしたそうだ。

東京の街の路上では、ほとんど石は転がっていない。舗装されていない駐車場で、二つの石ころを見つけ、その日、僕は大宮駅から新幹線に乗り高崎へ、そこから両毛線に乗って前橋へ、さらに徒歩二十分ほどで現地に到着した。さらっと書くと、さらっと着いたと思うだろうが、東京から前橋文学館まではなかなかの距離と時間を要す。実際、その日の参加者で東京からやって来たのは、おそらく僕だけだったろう。

参加者は学生からご年配まで十五人くらい。石を持参し忘れてしまった方のために〝石の貸し出し〟もされていた。

杉本さんのご挨拶が終わり、いざ拾ってきた石を見て、原稿用紙と鉛筆、消しゴムがセットされた机で詩を書き始める。詩を書くことはわかっていたけれど、変な意識が働いた。ズルも何もないのだが、特徴的な石は選ばなかったつもりだ。

そして、事前に石を見て、詩の断片を用意することもしなかった。そもそもそういう時間が足りていなかった。ぶっつけ本番で臨んだ。
　とはいっても、基本的に僕は詩を書くのが速い。即興で書くこともまったく苦ではない。時折止まりはするものの、さらさらと鉛筆が動く。久しぶりに芯のある鉛筆で文字を書く。鉛筆で文字を書く行為は、どこか角張っているな、と感じた。たとえば「あ」や「る」など、円や半円を描く際、鉛筆だと引っかかる感じがするのだ。街中で辻を曲がるとき、直角に折れる人はそういないだろう。おそらく楕円を描くというか、丸みを帯びて曲がるはずだ。ところが鉛筆だと、それがうまくいかない。筆だったらどうだろう。筆なら、くるっと回ることができそうだ。

参加者に配布された製本用の表紙。この中に自作の書かれた原稿用紙を収める

　そんなことを、頭の隅っこで考えながら石を見つめる。掌の上で転がしてみる。様々な角度から見て、触って、模様をなぞってみる。石を体内に招き入れることの審査をしているような気持ちになってくる。それを拒む代わりに、つっけんどんにしない代わりに、石を詩にしてやる。それで今日のところはお引き取りください、の気持ちだ。詩ができた。少しオーバーして原稿用紙二枚となる。だいたい二十分くらいで書いたろうか。「防風林」という詩だ。

虫歯の多いあなたは、よくポケットに欠けた歯を詰め込んで、東京の至る所にばら撒いていた。新宿、渋谷、銀座、調布、府中、町田あらゆる街に、あなたの痕跡が残っている。
（中略）
母方の祖父は口も歯も大きい、よく喋る男であった。その祖父の歯に似てなくもないこと、あなたは祖父が大事にしていた入れ歯を故意に隠したこと。それらをも葬り直すために、再び東京の街を彷徨わないといけないと決意した。

あなたの空洞は、
虫を食わない。

「最後の二行がいいですね！」

杉本さんはそう言って、原稿用に二重丸をつけてくれた。その後、壇上に上がって、マイクを手にし各自が自作を朗読してゆく。

詩をこれから学ぼう、書こうと思っている方に、一つ付言するならば、詩作において朗読はつきものになる。どの詩の教室・講座においても、提出詩は自分で朗読することが大半だ。もちろん僕のように長い詩を書く場合も例外ではない。ただ、参加者が多い場合、朗読は割愛されることもある。

最初は面食らうかもしれない。だが、そのうち朗読の重要さに気づくと思う。言葉の配置、リズム、抑揚、そういったものが詩には重要だということを自覚させられるからだ。こう言ってはなんだが、詩人は朗読が好き。

参加者の皆さんの詩も様々ある。オノマトペを多用した詩、モダニズムのような詩、自己と重ね合わせたような詩。即興で書く場合は、割合本質が出やすいのだろう。あえて普段と違う詩を、と思うこともあるのだが、いかんせん制限時間が気になるので、とっかかりとしては、やはり本質から引き出すことが大事になってくる。

皆で壇上に上り、記念撮影をして散会した。僕は帰り道、前橋駅までのルートを誤って正反対へと進み、結局タクシーを捕まえて駅まで戻るという無駄足を踏んだ。

〈詩の教室体験談　Aさんのケース〉

詩の話ができる仲間ができたのが本当によかった

ここまでは詩を教える側、教室や講座を開いている詩人などのお話を聞いてきた。ただ、一方向だけのお話では十分に伝わりにくいだろうから、もう一方、受講者側の話を聞くこととする。つまり体験談。

今回お話を伺ったのは、男性、女性一名ずつ。男性をAさん、女性をBさんとしておこう。匿名にしておかないと話しにくいだろうからそうすることで了解を得た。お二人ともに比較的若い詩人であり、熱心に詩を書かれている。

まずは二〇二四年八月末日、これからが夏の本番ではないかという、残暑とはいえない気候の中、Aさんと首都圏でお会いした。指定していただいた落ち着いたカフェレストランでランチコースを注文する。

Aさんは詩を書き始めて二、三年、詩のワークショップに通ったのち、ある教室に半年間通い続けた。それとは別に、同人誌の同人間で行われるクローズドの教室にも参加経験がある。

「詩の投稿がきっかけで、あるイベントに参加しました。教室開催のことを知り、その詩人の方の教室に通うようになりました」

Aさんは、この詩人のことをまったく知らなかったわけではないそうだ。ある程度、どのような詩を書き、どのような人柄なのかを知った上で教室に通うことを決心した。

ここからの具体的なやりとりにより、誰の教室なのかはわかってしまう読者もいるだろう。だが詮索は控えてほしい。まずは運営について聞いた。

「一方的に講師が講評するスタイルではなく、受講者同士の合評形式なのでカロリーを使います。受講者の詩を事前に読むのではなく、その場で反応し感想などを言うため、求められるレベルが高いです。詩を読んだときの反射神経を養うことが理由だそうです。受講者の意見が増えていくことで、有機的に講評が膨らんでいきます」

なかなかハードルが高いように感じるが、実際どうだったのだろうか。

「正直、最初は皆戸惑っていました。しかも、難解な現代詩が多かったのでなおさらですね。事前に読んでいきたいという声も挙がりましたが、却下されました。けれど、事前に準備してきたところで非難されることはありません。あくまでフレキシブルな対応をしてくださっていました。主観でいいので、一読したときの『表れ』を大事にしてほしいと講師の方はおっしゃっていました。それをしっかり書き手に伝えることが大切だと。詩の解釈に正解はない。どんな感想を持ったっていい。粗探しをする必要はない。チャレンジした詩に対しても皆が褒めてくれます。講師がコントロールするぞという意志を感じます。すごくいい教室でした」

この教室はオンラインもあるそうだが、Aさんは対面参加をしていた。

「基本的にタブーはありませんでした。講師は、たとえバイオレンスな内容でも、表面的なことよりも本質に触れて講評されていました」

教室に通われていた他の受講者の様子はどうだったのだろうか。

「周囲の詩人も、当初はオーソドックスなものを書いて窺っている様子でしたね。回を重ねると、前衛的な詩を書く人も増え、こういう詩も書いていいのかというふうに伸び伸びと書く人、変化する人が増えました。タブーがなく自由だったので、皆、アグレッシブな詩を書くようになってきました。個人の能力はもちろんあるでしょうが、見ていても明らかに伸びていく人がいた。それは詩の教室の自由さ、雰囲気、周囲の受講生の本気度も加味していたと思います」

皆が切磋琢磨している様子がAさんの話し振りから伝わってくる。Aさん個人としては、どのような指導を受けたのだろうか。

「教室が終わった後も、こういうことに悩んでいると相談して答えてもらっていました。正直、個人的な成長があるかどうかは自分ではわからないです。ただ、同じところに留まるな、変化を恐れるな、挑戦を続けろとアドバイスをいただきました」

「教室に通ったメリットはありますか」

「投稿だけだと入選しない限りコメントをもらえる機会が少ないですよね。教室に通うと、良くも悪くもコメントをもらえます。自信をつけるのも、詩を書き続けることにおいて大切だと思います。国語教育のような一方的な押さえつけはありませんでした。講師と受講生が対等だったので、私には合いました」

矢継ぎ早に質問をするせいで、Aさんのフォークがぴたりと止まる。しばらく話すことを休み、目の前の食事に心を傾ける。とはいえ、つい質問を挟んでしまう。教室に通っていて苦労したことはなかっただろうか。

「常に読めなさがつきまとうので、負荷がかかりました。それでも言葉を捻り出して話さないとならない。一読では、批評になっているかどうかは定かではありません。なかなかつらかったですが、成長するためのプロセスだと思っていました。自分の想定していない読まれ方、意外性のある読解をされたときは、ずっと考えることがあります。その読解をどう受け止めるべきか。客観的に見てもらうことで、自分のこだわりを再確認できます。特に書き始めの頃、蛇口を一杯に開けてとにかく書いてしまった方がいいと助言を受けました。いつかは水が止まるけど、本当に書きたいものは残るから大丈夫だと。結果的にそのようになっている実感があります。自分の場合は技術的な話ではなくてよかったです」

さらに横のつながり、受講者同士の交流についてもAさんはメリットとして付言した。

「本格的な現代詩について話せる場がなかなかないなか、私が通っていた教室はそれができた。チャレンジすることが求められ、それに対する評価はしてもらえました。詩の読み方においても、もっと自由に読んでいいんだなと思えました。教室が終わった後も詩の話ができる仲間ができたのが本当によかったです。講師へのリスペクトというか、やはりその詩人の詩が好きだから通う。実際に周囲はそういう人が多かったです」

答えにくいと思うが、あえて尋ねた。

「全体のレベルとしてはどうでしたか」

「意外と詩を初めて書く人も参加していました。恥ずかしい、笑われるのではないか、否定されるのではないかと思わない人はいないでしょう。小説の場合は、なんとなくこう書けば形になると言うのがあるが、詩の場合、それがない。ゼロから一に上がるとき、『これでいいんだ』という感覚を得ることは必要だと思います」

さらに少し意地悪な、酷な質問をした。詩の教室に通うことのデメリットはなかっただろうか。Aさんはしばらく思案したあと、ゆっくりと口を開いた。

「捉え方によりますが、時間が取られてしまうことですかね……。詩を提出する期限、受講の時間。提出期限は実質二週間しかなかったので、通常勤務しているとなかなか厳しいです。結構苦しかった」

憶測ではあるが、と前置きした上で、興味深い指摘をしてくれた。

「理由は定かではないのですが、二期目が始まると新しい人たちが抜けていってしまい一期目と同じ面子になってしまいました。皆の詩が固まってきたり、投稿などで優秀な方がいると新規の方はいづらくなってしまうのかもしれませんね」

皆と触れ合う時間、孤独な時間、両方が大切

もう少し詩の教室に通うことの本質を掘り下げてゆく。Aさんは詩の教室などをどのように考えていたのか。

「ずっと続ける意思は最初からありませんでした。自分のペースで詩を書く時間も大切だと思っていましたから。皆と触れ合う時間、孤独な時間、両方必要ではないでしょうか」

そして、Aさんにとって教室に通うことは必然であった。

「投稿と教室へ提出する詩はリンクしていたんです。教室に通っていなかったら、一編も書いていなかったかもしれません。投稿当初は誰にも読んでもらわず、書いたものをひたすら送っていました。教室だと目に見える参加者と講師がいるので、その人たちに読んでもらうとなると、いい加減な詩は出せないと思うようになってきました。重さのある詩を一編書いてそれを表に晒す。月に一編書くというスタイルが身につきました」

これは何も詩の初心者に限らないのかもしれない。投稿を〝卒業〟した詩人も、投稿があったからこそ詩を書く習慣が身についたという人は多い。反対にいうと、投稿をやめると詩を書くことも疎かになってしまう。実はそうならないために、合評会を開いたり、はたまた詩の教室などに通い直すという詩人もいるのだ。だから、詩を書き始める、書き始めたばかりの方も安心してほしい。なかなか詩を書けないのは、自分だけではないのだ。

「感想や講評を聞いて、詩に反映させるかどうか。私は天邪鬼なので、それを反映させませんでした。それでも『ここがよかった』という指摘よりも『もう少しこうしてみたら』という指摘が頭に残りました」

Aさんは真面目かつ誠実な人柄だ。おそらく講師や受講者の助言についても一度は受け入れるものの、自身のポリシーのようなものは揺らがずに取り組んでいたのだろう。

雑談を交えながら話を聞いていると、あっという間に食後のデザートが届き、終わりの時間が近づいてくる。最後に「詩がわからない」と言われることについて、考えを伺った。

「詩において良し悪しの判断はつきにくいと思います。自分とその詩との距離感、近しいか遠いか。現代詩は論理性を求めないことがあります。言語化し論理的に読解できてしまっ

たら、それは現代詩ではないのかもしれない。もちろん、それをやろうとしていることは素晴らしいことです。けれど、すべての読者に求めるのは酷だし必要ないのかもしれません」

ご自身の周囲の反応を思い出したのか、Aさんは苦笑いを浮かべて言葉を締めた。

「文学をやっていない友人にとって、私の詩はわかりづらいようです。奥に謎めいているものがあるのはいいとしても入り口からオープンではない、閉じられていると言われました。あえての論理破綻についても、スマートではないと」

「いい友人をお持ちですね」

「はい、詩を普段読まない友人の意見も信用しています。本当にいい詩は目が肥えた人、そうでない人にとってもいいと思える詩ではないでしょうか」

自分自身の詩に対する考えをしっかりと持って、着実に詩と向き合っている。そして、僕から見てもAさんの詩は、いい意味で変化していっているように思える。あるいは、講師が言うように一度すべて書き切ったのかもしれない。Aさんの詩の真骨頂が今後見られるだろう。

〈詩の教室体験談　Bさんのケース〉

なぜ三ヶ所の教室に通ったのか

二〇二四年九月に入っても、当たり前のように暑い。三ヶ月予報でも十月も例年より暑いという。体感からすると、もう秋はやってこないのかもしれない。

Bさんは多くの詩人同様、平日の日中は仕事をされている。そんななか、終業後に池袋のジュンク堂書店で待ち合わせをし、イタリアンレストランへと向かった。人気のお店だけあって、若い男女、女性同士で賑わっている。予約していた席だけれど、お隣の席とは近い。Bさんと僕は声を張り上げながら、詩について話し始めた。

「いつから詩を書いているんですか」

「ある詩人の方のゼミを取っていたので大学生から書き始めています。ただ、卒業後は書くことをやめてしまいました。働きつつ読むことは継続していて、詩はずっとおもしろいと思いながら、違う創作ジャンルを着手していました。それもあくまで趣味でした」

「詩以外も模索していたということですか」

「私にとって詩は、自分の思っていることをガッツリ表現すること。ぴたりと言い当てることです」

ディナーコースの前菜が運ばれ、アイドリングトークを終え本題へと入ってゆく。Bさんはこれまでに詩の教室を三ヶ所通っている。

「最初の講師は、大ファンの詩人の方でした。二十歳くらいに初めて読んだ詩集が衝撃すぎて、人生観が変わるくらい。その詩の教室が終わり、他の方のを紹介してもらって現在は二ヶ所参加しています」

先に登場したAさんとは異なり、複数の教室について伺える。なかなか貴重なことだ。まずは、一度目の教室のスタイルについて聞いた。

「大所帯でしたね、何十人と参加されていました。ほとんどの方が詩を書いたことがないようでした。最初のうちは講師が朗読したり、詩の書き方のいろは、といっても、どちらかというと『こういうことは書くな』というお話が中心。回数を重ねるうちに課題が出て、講師の講評への要望が増えてきました。ラストの方はすべての時間、講評に費やしていました。人数が多く、二時間だったので怒濤のようでした。圧巻という感じでしたね」

「そうなると、さすがに事前に提出詩は読めたんですか」

「ええ。事前に受講生たちに共有されていて、任意でSNSで合評できる仕組みも追加されていました」

もちろん匿名であるので具体的なことは書かないが、僕には想像できる光景だった。見てみたかったなあ、と率直に思った。Bさんは、どのようなことを言われたのだろうか。

「私にというより、皆さんに言っていたことです。一度書くことをやめると、エンジンのかかりが悪くなるから、いつでも温めておけ。とにかく書いて最初のものは捨てる」

「二つ目のところはどうですか」

「十人規模です。最初から講師による講評スタイルで、その方のレベルに応じて指導してくださっています。あまり言い過ぎると落ち込んでしまいそうな方には優しくおっしゃっています」

その講師の特徴を伺った。

「理論的な読解をされます。本当に素晴らしい。どうしたらこの詩が良くなるか、この行を入れ替えた方がいいなど、実践的、技術的なアドバイスをくださいます」

「それはとてもありがたい講評ですね」

Bさんはにこにこ笑っていた。ただ、それなら三つ目を通う必要はないのではないだろうか。

「ある方との対談を観にいったんです。そのお話やSNSを通して『いい方だな』と思って通い始めました。その方の教室は、昔の詩人の詩を鑑賞する機会もあります。昔の詩を読むことが疎かになっていたので、ひとりで読むより理解が深まると思い、通うことにしました」

〝未完成品〟を読むことで自身の読解力を深めていく

アルコールも提供しているお店なので、周囲の会話が弾んでくる。夜が更けるに従い、会話の密度も高くなるのかもしれない。詩の教室などに通うメリットを伺った。

「一番目の教室で、最初に提出した詩を褒めてもらえました。当初はこのまま詩を書いていく意識がなかったので、続けたい、もっと上手くなりたいと思うようになりました。書き続ければうまくなれるとポジティブになれましたね」

Bさんは「そもそも……」と続けた。

「とにかくファンだったので、その方に自分の作品を読んでもらえることだけで感激でした。ほどよい緊張感もありましたが、かえってよかったです」

「授業を受けているとき、何に気をつけていますか」

「詩人の感性に、どういうところが引っかかるのか。そういうことを意識して講評を聞いています。人の読み方がわかることはいい。こういうことを書くと、こういう反応なのかって」

そして、横のつながりもメリットとして挙げてくれた。

「講師の方と教室が終わった後にご飯を食べに行ったりできます。講師とも参加者とも仲良くできる。仲良くすることで、教室が終了した後の活動にも展開していきました」

教室が終わった後も互いに交流を深めることで同人誌を創刊するなどもありうる。さらに、Bさんは他の詩人、他の詩の教室、投稿などの情報が手に入りやすくなったという。

「詩の教室に通っていないと、自作を読んでもらえることがなかったし、現実的に難しいですよね。投稿でも佳作以上ではないとコメントをもらえないので、講評をもらえることが何よりありがたいです」

いくら近しい関係だからといって、友人に詩を読んでくれと頼むことはなかなかしにくい。そして、詩に限らないが、投稿では佳作以上ではないとコメントをもらえることはほぼない。

「主観的に読むだけでは自分の殻を破れません。自分では良くないと思っていたものを、いいと思ってもらったり、客観的な判断を得られます。自己完結するより、詩の良さを引き出してもらえる。周囲の意見も参考になる。十人いて十人がわからないと言えば、本当にわからない詩を書いちゃったな、と思いますからね」

それは自身の詩の読みへも影響してくる。

「誰かの詩を読んでも、ここは言い足りていないのでは、と思うようになりました。読み手に届いているかどうか。届いていないのなら、いい詩ではないのかもしれないという判断軸。プロの詩だけを読んでいると、皆足りている詩ばかりになってしまう」

「プロの詩」、つまり商業詩誌に載っている詩は、言うならば完成品であって、しかも詩人が自作から選りすぐっている詩であるから、ある意味では粗がない。ただ、教室や講座に提出されている詩は〝完成品〟でないことが多い。講師や受講者の講評や感想を聞いた上で修正したり、推敲を重ねたりするだろう。

「通っているうちに、同じ詩人の詩を複数読めるので、比較して良し悪しを判断することもできます。この詩はどうしたらもっと良くなるのだろうと考えるようになりました」

Bさんは詩の教室や講座の意義をしっかりと捉え、自身の読みや書きに活かしている。

「書いた詩が可哀想だなと思うんです」

いくつも教室に通っている経験から、どのようなスタイルがいいと感じているのかを伺った。

「その場で参加者の詩が配られ、感想などを言うのであれば少人数制の方がいいと思います。個人的には少人数制の方が合っていますね。人数が多いと、どうしても駆け足になってしまうので……。ただ、いろいろな教室があっていい。最初はむしろ大人数の方がいいかもしれません。詩を提出しない人もいるので『必ず提出しないといけない』というプレッシャーがかからないから。もっと習いたいのであれば、少人数制のところに移行してはどうでしょうか。講師の方によってカラーがだいぶ違います。一ヶ所通ってダメだとしても、他のところは合うかもしれない。また、受講者同士の相性もある。熱量の違いもある」

Bさん自身の詩の教室への取り組み方はどうだったのだろうか。

「毎月、全力で一編仕上げていますね……。変な作品は見せられないですし。講師の好みに合わせることはしませんでした。最初の頃は投稿もしていなかったし意識さえしていなかった。『現代詩手帖』さえ読んでいませんでした」

せっかく講師や受講者に読んでもらうのに、中途半端な作品を持っていってしまうと、貴重な一回を損したような気になる。もちろん、これから書いていきたい方向性の詩、実験的な詩を読んでもらい、その反応を窺うことも大事ではある。だが、投稿しているとなると、それ用の詩を読んでもらいたいと思う。

「詩の教室を卒業することは考えていますか」

「私は通い続けると思います。創作している仲間に会えることが、かなり大事なことなので。社会に出て、周囲に創作している人に出会うことはそうそうありません。教室だと似た傾向のものが好きな人に出会えたりする。それだけでも大きいんです」

そして、Bさんははにかみながら付け足した。

「それに……せっかく書いた詩が可哀想だなと思うんです。自分の出力する力が弱いから。それなら人の意見を聞いて、それをおもしろく、良くしてあげようと思います。そのためにこの行を削って、反対に足してと考えます」

さらにBさんの口から、次のようなフレーズが漏れた。

教室に通うことは、詩のためになる。

自分を信じすぎない。
さらなる自分を見つけたい、先に行きたい。

「詩が可哀想だな」と思うこと、なんとも純粋な言葉だろう。僕は、今回の一連の取材の中で、最も感銘を受けた言葉だった。Bさんは真に詩と向き合っている。それを知ることができただけでも、取材を続けてよかったと感じた。

「最後の質問なんですけど、これからどう詩と向き合っていきたいですか」

Bさんは「そうですね……」と呟いたあと、はっきりと言葉を紡いだ。

「とにかく詩を書き続けていきたい。それが前提です。作品がたまってきたら、詩集を作れたらいいなあ。賞云々よりも、一つでもいい詩を書きたいです。詩集ができたら友達やお世話になった人に見せたい。ファンだった講師の詩人とつながることができただけでかなり満足しています。自分が憧れていた詩を書いている方とLINEしていることが驚きです。こんなことが叶っているのに、頑張らないわけにはいきません」

詩を教える側の方、詩を教わる側の方、その両側からの話を聞くのは今日が最後だった。その締めにふさわしい詩への純粋な思いを、Bさんは話してくれた。僕はある種の感動さえ覚えながら、桃のデザートを食べ尽くした。

〈松下育男さん福岡版・詩の教室　体験ルポ〉

松下育男さんの福岡版・詩の教室へ

二〇二四年十一月二十三日、僕は品川駅近くのマクドナルドで、いつにも増して苦いコーヒーを、肩身の狭い思いをして口にしていた。背もたれのないスツールの置かれたカウンター席に座り、何度も心の内でため息をこぼす。その日の朝、東海道新幹線が京都駅で故障した影響により、大幅にダイヤが乱れていた。並んで乗車する切符を早めてもらうにも窓口が混雑していて諦めた。僕は一時間半近く、新幹線に乗れないまま、マクドナルドでコーヒーを飲んだりして時間を潰すことになったというわけだった。

前途多難の旅の最終地点・博多へ向かった目的は、松下育男さんの詩の教室・福岡版に参加するためだった。十一月二十三日、二十四日と連日開催されることになっており、僕は二十四日の回に参加することになっていた。

博多に来るのは約半年ぶりだ。前回は、二〇二四年五月、石松佳さん主宰の福岡詩話会に現地参加するために博多にやってきた。石松さんとは「詩あ」の連載などに関する打ち合わせもさせてもらい、詩話会最中も終わった後も、福岡の詩人の方々に歓待していただいた。博多ならではの料理、最後はラーメンで締めて再会を約束して別れたのだった。そして今回、その約束を果たせたことになる。

松下さんの教室は二部構成となっており、一部では出版社の書肆侃侃房の会長である田島安江さんと松下さんの対談、二部では参加者の提出詩の朗読と松下さんによる講評がなされることになっていた。

会場の福岡市美術館は大濠公園内にある。最寄駅から十分くらい、家族連れやランナーたちが多く集う園内を歩き、僕は一番乗りで会場入りをした。

しばらくすると、松下さんのZOOM教室のお仲間や旧知、初めてお会いする詩人たちがやってくる。石松さんや竹中優子さん、夏野雨さんといった福岡で活動する詩人たちも席に座る。

「遠いところありがとう。大変だったみたいだね」

松下さんがやってきて、長旅を労ってくださった。実は松下さんとは前週にもお会いしていた。二〇二四年七月から毎月行われている「隣町珈琲」での詩の教室の五回目が開かれたからだ。普段東京でお会いしている松下さんと翌週には福岡で会う。それなりの普段と同じ表情、話しぶり、自分の中で日常世界が広がっていることを実感する。

対談は田島さんが聞き役に徹され、松下さんのこれまでの詩との歩みが話題の中心となった。時折、松下さんは僕を気にかけてくださったのか、話の最中に「南田さんが……」とおっしゃってくれた。田島さんとも以前、何度かお会いしていたので、僕のことはご存じだが、会場には知らない人がいるからということで、松下さんがこの「詩あ」のことを含めて簡単に触れてくださった。とてもありがたいことだった。

松下さんの詩歴などについては、僕の行った取材内容と重複する部分もあるが、代表作である「顔」の朗読をなさった。淡々とし、乾いていながらも心に響いてくる声音、ゆっくりとした調子、いつ聴いても「顔」の朗読はいい。

今回、僕を含め八名の方が詩を事前に提出していた。二部では一人ひとりの詩の講評が始まる。基本的には松下さんも初めて顔を合わせ、詩を読む人たちばかりだ。初めて詩を書いたという方の詩を講評しているときの松下さんのにこやかな表情が印象的だった。その方は僕より前に座っていたので、表情は窺えない。けれど、声の弾みから高揚しているのがわかる。そして、見えている肩、背が、気のせいか弾んでいたのだ。初めて書いた詩に講評してもらえる、しかも松下さんから。僕もその高揚を共有することができた。

子供の頃から詩を書いているという若い方の朗読が終わったあと、少し会場の空気が和やかになった。

「詩と同じで、やさしさややわらかさのある朗読ですね。声と似てくるのかもしれません」

松下さんはそのように評していたが、実にその方の詩はやさしく、その声と合っていた。

それぞれの詩の良さを指摘しながら、受講者の意見も聞きつつ助言を述べているのは普段通りの松下さんだ。けれど、せっかく福岡に来たのだから、という気持ちもあったことだろう。いつにも増してゆったり丁寧に、会場に座る受講者の表情を確かめながらお話しをされていた。時にはご自身〝誤読〟したことをお詫びしていた。皆さん、とても嬉しそうだったし感激している様子だった。僕は相変わらず長い散文詩を提出し、よせばいいのに、全部朗読した。

「本当に全部読んだね」

松下さんは呆れながら、講評をしてくださった。

全員の講評が終わると、松下さんは会場の石松さんと竹中さんに簡単なコメントを求めた。お二人とも松下さんのアドリブにもかかわらず、的確に評されていたのは圧巻だった。僕の詩にも言及してくださり、ありがたい。

会が終わると場所を移して懇親会が開かれた。電車に乗り、十人ほどの詩人がぞろぞろと博多の街を歩いてゆく。お店に着いてからも松下さんを囲みながら、詩の話となる。若い詩人お二人も参加してくれたことが、僕はとても嬉しかった。そのお二人も福岡の詩人の会に入会するというお話もしていて、福岡の詩の広がりを間近に感じ取ることができた。

後日談ではあるが、僕の福岡行きのツイートを見た若い詩人の方から連絡をもらった。

「松下さんの詩の教室に通いたいと思っていますが、どうしたらいいでしょうか」

そのような内容だった。その人は松下さんの『詩の教室』の本を読み、松下さんに関心を持ったそうだ。

老若男女問わず、松下さんから詩を学びたい、というよりも、詩を読んでいただきたいと思う方は多い。僕は勝手ながら推測するのだが、松下さんもその反響の声には素直に喜ばれていると思う。実に楽しそうな表情でいるからだ。それは東京だろうと福岡だろうと、ZOOMだろうと変わらない。

僕は二〇二三年、二〇二四年と、松下さんが参加されたイベントや詩の教室にはほぼ毎回出席している。

「なんでそんなに参加しているのですか」

と、聞かれることも多い。答えは一つだ。

「松下さんに会いたいだけなんです」

以前、僕はツイッターで、松下さんの前妻・松下千里さんの詩集『晴れた日』がなかなか手に入らない、ということをツイートしたことがある。それに対して松下さんが「手元にあるから、今度差し上げますよ」とリプライしてくださった。

二〇二四年二月に、世田谷の七月堂で松下さんと詩人の佐々木蒼馬さんの対談が行われることになり、僕も現地で拝聴することになっていた。僕はその前に小田急線「豪徳寺」駅中にあるサンマルクカフェで時間を潰そうとレジに並んでいると、パソコンとA4用紙を何枚も広げて、物書きに夢中になっている人が目に入った。「ああ、みんな夢中で書いてるなあ」と思い、注文したブレンドコーヒーを持って一人席

に座った。すると、

「南田さん」

と声をかけられ顔を上げると、松下さんが立っていた。先ほど僕が目にした物書きの方は、松下さんだったのだ。どうやら松下さんは対談のための資料作成をされていたようだ。

「これ持ってきたよ」

松下さんは僕に一冊の本を差し出した。

「ありがとうございます」

それが『晴れた日』だった。

正直に言えば、僕は松下さんが何を話そうと、何をされていようと、究極どうでもいいのだ。単に松下さんが、そこに立っている。その佇まい、表情を見ているだけで、一編の詩を読んでいるかのような感覚となる。僕が初めて松下さんを目にしたのは画面を通してだった。それでも、松下さんには優しさと、若干の陰があった。それを哀愁と言ってもいいのかもしれない。それは結果的には、松下さんの詩「火山」を読むことで裏付けられてしまう部分もあるが。そして何より、松下さんは詩人であり、詩そのもののような感じを受けたのだ。

生の詩人に会う。こうして敬愛する詩人に会うことができるのが、詩の教室・講座の最大の楽しみでもあり醍醐味であるように思う。もちろん、すでに亡くなっている詩人の詩を好きになることもあるだろう。それはそれで、自分の中で想いを馳せることができるので幸せなことだ。けれど、同じ時代、同じ時間を過ごすことができている詩人を敬愛することが叶うなら、ぜひ勇気を出して、会いに行ってほしい。きっとご自身の詩における活動だけに留まらない、人生の糧となるに違いない、と、僕は思う。

懇親会が終わった後、福岡の詩人たちはそれぞれの家へと帰ってゆく。松下さんと僕は二人きりとなった。この「詩あ」の進捗状況や来年（二〇二五年）の松下さんの活動について話を聞いていると、博多駅へと降りつく。

「じゃあ、僕はこっちだから」

「はい、今日はありがとうございました」

「また東京でね」

そう言って松下さんは、いつもの調子で手を掲げた。その後ろ姿をしばらく眺め、目に焼き付けた。この特集記事を締めるには、このシーンが相応しいだろうと思いながら。

博多駅前では、煌々とクリスマスツリーが照り、人々の熱気で、遅い冬の寒さも和らいでいる。僕はホテルに帰るには、少しばかり寂しかったので、タリーズでカフェラテを飲んだ。明日には、もう東京へと帰っている。さっき会ったばかりの詩人たちの顔、声、そして松下さんの読んだ「顔」が、延々、頭の中で繰り返されていた。

こうして、詩の教室・講座をめぐる旅は終わった。

（了）

連載エッセイ

考える日々（第一回）

山﨑修平

某月某日

「DayArt」から「詩あ」へ、この連載は引っ越しすることになった。「DayArt」では一回あたり三千文字の連載を計五回書いた。「詩あ」では、紙幅が大幅に増し、一回あたり五千文字となる。連載を一冊にまとめようという話をしているので、楽しみにしてください。

　さて、この連載では「詩にまつわること」についてということになっている。「詩あ」の読者は、詩に対して何かしらの興味を持っている方が多いと思うし、実作者も少なくないだろう。ここでまず書き出したいのは、詩は誰によって書かれているのだろうかということだ。いや、それは「詩人」だろうという答えを、ひとまずは想定しておきながらも。

　私は常に、浅草の裏路地の乾物屋の主人と猫の距離感や、文京区白山上の町中華にて絶妙な塩梅で調味料を入れたフライパンを振るう店主そのものが、どうして詩ではないのかという疑問が尽きない。いや、それは詩として書かれていないから詩ではないのである。もちろん、それは解っている。詩として書かれたものは詩であって、距離感や店主そのものは詩とは成り得ない。言葉ではなく事物であり事象であるからだ。それでも、そう解ってはいたとしても、詩として提示されたものの多くが書かれた「詩」に収まっているとき、愕然としたものを覚えるのは何故なのだろう。

　詩人というものは、存在、肩書き、生き方、どのようなカテゴライズでも良いのだが、何かしらの詩を書く人という括りによって、他者から受け止められる。詩人は、詩を書くことによって、詩人として他者から認識されるとも換言できるだろう。詩人であるから詩を書くのではなく、詩を書くことによって詩人として認識される。であるなら、提示された詩が詩でないのならば、詩人ではない。いわんや、いかなる形式・文体・在り方でも詩であるものを書けば、詩人となる。

　どうして禅問答のようなことを書き始めたかというと、詩作のワークショップや教室などにおいて、「詩を書いている私」という自意識からくる縛りから解き放つことに私が主眼を置いているからである。そして「私／自意識」を解き放つというのは、何も詩を書くことのみの論点ではなく、様々な表現分野において一つの課題として共通しているようだ。

二〇二四年三月に早稲田の喫茶店「早苗」で催したワークショップは、脚本家・演出家の司田由幸《しだよしゆき》さんとの共催のかたちを採り、「詩を生む身体」と題した。私は、詩のワークショップでありながら、「詩を書かない」ことを冒頭で参加者に述べ、他者のことばや、引用、イマジネーションから、参加者にしか書き得ないことばを引き出そうと試みた。結果的に受講生の書いたものは（いや、書かれたそれは、と呼ぶべきか）詩になった。

有馬温泉街にて。一夏に何杯食べられるのか、それが問題だ

他方で司田さんは、発声や身体的動作における「演劇的なもの」を排除しようとしていた。用意されたテクストを読むときの、台本を読み合わせる役者という像のステロタイプから放たれる、あの、演劇的なものをなくそうと努めていた。私と司田さんは、自然なもの、ありのままのものを求めようとしていたのかもしれない。詩的であり、演劇的であるこの「的」が、作り上げられた人為的なものであるとすれば、詩であり演劇は、自然なありのままのものと言うこととなるだろう。

私はここで立ち止まる。詩は自己表現ではないということに立ち返る。

詩を書き始めた多くの人は自身である「私」にその材を求める。「私」の悲しさ、喪失、喜び、怒り、それを詩の材料とする。そしてやがて呆然とする。「私」はない、どこにもいない。そうして空になって始まる。詩が始まってしまう。

あるいは、先人の詩集を「インプット」し、自身の詩に「アウトプット」しようと試みる。私は、この間違った受験勉強のようなインプット・アウトプットほど、創作に有害なことはないと考えている。これによって書かれた詩は、どこかで読んだことのある創作物のようなものでしかない。詩集を読み、そのテクストから語彙を抽出し、あるいは文体から何かを掴み取るのは、（私自身、研究者でもあるのだが）研究者の所作であって、詩人によるものではない。無論、詩集を読むなということではない。詩集だけ、小説だけ、句集だけ、歌集だけ、を読むということではなく、美術、音楽、演劇、映画、ファッション、食、目にするものすべて、触れたものすべて、嗅ぎ、聴いた、すべて。満遍なく偏りない経験や知識を幼少のころから自然と触れるようにしたなにかが、徹底的に回り道した、ややもすると無駄に思えてくるすべてが、結果として詩を作り上げてゆくのだと思う。

しかしながら、ここまで書き進めてきて、これは経験を求めているのではないことにも気づく。自身の経験や体験が詩にならないということではない。かと言って、いたずらに稀有な経験や体験を求めたところで、良い詩が書けるということでもない。私が認識している私を、言葉によって規定され自律する文の連なりを、言葉によって解体し、再構築する。観念の世界に砂上の楼閣を言葉によって建て、それを言葉によって解体してゆく、その解体のさまを愉しむことに、詩のひとつの悦びがある。言葉の力、魅力、魔力、どのような言い方でも差し支えないが、詩には力がある。言葉を斡旋し、接続することによって、ここにないものが浮かび上がり、ここにあるはずのものが消え、あるいは変容してゆく。「私」は変容し、消失し、生まれる。「私」は、「あなた」となり、突如「錦糸町の雑居ビル二階の光」となる。紛れもない「私」を他者として迎え入れたものを書き留めた、書き留めてしまっているなにか、をひとまずは詩であると思いたい。私の記憶、体験、感情、そのすべてを煮詰めながらも、そのどれにも当てはめられない、なにか、これを詩という現象、事態と呼びたい。

であるから、私は詩人というものを、詩を作り出す楽器、あるいは恐山のイタコのようなものと幾度か喩えたことがあった。今は、あまりこの喩えには特にこだわりはない。

「子供のような詩」と呼ばれているものがあるとする。この「子供」の前段には、「自由な」であるとか、「斬新な」という修飾が為されてゆく。新幹線が花束を食べたり、トマトジュースが駅の噴水から溢れるような、「発想」は、確かに子供の自由な思考に拠るものかもしれない。他方で対概念としての「大人のような詩」とは何を指すのか。私はこれを「詩のような詩」であると考えている。誰が読んでいても詩であると受け止められる、いつかどこかで読んだことのあるような、詩以外の何物でもないテクスト。まるでテクストから「私が詩であります」と主張しているような「詩」である。揺らぎもなければ遊びもない、このような不自由な詩は魅力がないと思う。大人になるにつれて、「動物」は「動物」として、「雲」は「雲」として、「詩」は「詩」として、思考の粘土を練り上げて、確固たるイメージを私たちは作り上げてゆく。気づいたらこしらえていた、「これが詩である」という常識によって書かれた「詩」は、どんどん「詩」になってゆく。やはり窮屈で貧しい。であるから、前段述べたように、私は詩作のワークショップの冒頭で、「今日は詩を書きません」と宣言をする。

　と、ここまで書いてきて、「大人のような詩」という語句を、肉体的な年齢として、つまり加齢の結果として用いているのではなく、如何に私たちは自己の思考を手放さずにいられるのか、という思考実験に繋がる志向性をいだいて用いていることに気づいた。あるいは、子供のように自由であるために見せかける肉体的に大人でありながらも、技法によって如何様にも出来うるだろうという仮説を立てたい。

　技法……、いや、あまりそのようなカチッとしたものではなく、国鉄末期の改札口にいた切符回収をする駅員、その職人のような眼差しをまずは記憶し続けたい。

某月某日

　二〇二四年の四月から始めたカルチャースクールでの詩の講座は、詩作を「教える」という名目で、「教えない」のである。スクールと名指されるものは、先生がいて、生徒がいる。中学、高校と学校教育の画一的なものにうんざりしていた私は、長じてなにかの先生になるとは想像だに難しいものであった。なにか私のメソッドがあれば、そう、「これで詩を書ける虎の巻」のようなものがあれば、大量に印刷し、配布すれば良いのであるけれど、そのようなメソッドなどあるはずもない。私はどうやら、原野に金剛杖を突き立てて、「ここに温泉が湧く」というのと同様に、「ここに詩がある」ことを感じていたいと気づいた。そしてこの「詩」の意味するところを広げることが私の仕事の一つであると感じた。

　温泉の比喩で浮かび上がったが、自分の見える範囲の自分を掘っても掘っても自分しかいない。面白いわけがない。それよりも、自己は本当に自己なのか、ときに俯瞰して、ときに潜って観るほうがよほどに愉しい。空虚な自己を掘り進める徒労よりは、他者を鏡としてそこに映し出された自己を描く方が良い。同時代性という言葉にはピンとこない。自己はここにいない他者《死者》によって構築されていると思うからである。ゆえに、アクチュアルな作品を追うよりは、古典的名著を五年、十年と腰を据えて読む方が良いと思う。実作者であっても、そうでなくても。

某月某日

　詩への信仰のようなものから距離を置きたい、と考えた。テクストにこだわるということと、詩をあたかも擬人化し、崇め奉ることとは違う。詩への愛、詩を大切に、という信奉心は、やがて自身を縛るだろう。登山をするには出来うる限り荷物は少ない方がいい。

　詩に清らかさを求めても良いが、詩人に清らかさを求めてはならない。ましてや、美しい人生を送ることが美しい詩を書くことには繋がらない。

オクタビオ・パス『弓と竪琴』（牛島信明訳、岩波文庫）

結局のところ、属人的なものから離れ、強靭な批評を必要としている。

某月某日
ドーナツ屋のジュークボックスを観ていると、認識している自分の内側には自分はなく、おそらく外にあるだろうと向かい、はじめて自身の内側に気づく。私はときおり、人の話を聞きながら、どうしてそこまで自分の記憶が揺るがないものであると思えるのか、解らなくなる。

某月某日
詩について訊かれたときは、オクタビオ・パスの『弓と竪琴』（岩波文庫）を薦めている。詩はわからないと言われることがあるらしいが、わからないことがわかるということは、奇蹟のように美しいと思う。本当は、わからないことにしてわかっているけれど、くらいに留まっているのではないだろうか。本当にわからないことはただ美しく、わかろうとは思えなくなる。それは詩に限らないのだけれど。
目黒学園の講座で取り上げた／る詩人は以下の通り。

四月　中原中也と萩原朔太郎
五月　西脇順三郎
六月　エミリー・ディキンソン
七月　マーサ・ナカムラ
八月　谷川俊太郎
九月　アルチュール・ランボー
十月　最果タヒ
十一月　中尾太一
十二月　三好達治
一月　田村隆一
二月　田中さとみ

こうして列挙してゆくと、詩の広さに改めて気づく。広さ？　この言い回しが適切であるのか解らないが、詩は愉快で、詩は強烈で、詩は衝撃で、詩はやさしさと、いくらでも形容できてしまう、その力を感じている。一冊ずつ、取り上げて批評をすることが良いのか、解りあぐねるが、本稿においては、優れた詩集には、共通して「異」があることを書き留めたい。中原中也の異和、萩原朔太郎の異状、西脇順三郎の異界、……、

気品のある佇まいが好き

スクールの良いところは、自分では選ばなかった本に辿り着くことにあると思う。このことは、自分の与り知らぬ自分と出会うことに通じると思う。

「詩は自己表現ではない」と書いたが、正確には「詩は自己が認識している自己に留まった表現ではなく自己を拡張／収斂する過程において異化された構築物」であるとするのが適当か、いや、どうにも、学校の先生のようなまとめ方をしてしまっていることを悔いている。

某月某日

神戸・有馬へ旅行に赴いた。二〇二四年八月二十二日十二時七分、阪急西宮ガーデンズの久世福商店の前を歩いていたとき、言葉が降ってきた、いや、湧いてきた。溢れ出しそうな言葉を書き留めようと、ソファに座り、スマートフォンのメモに書き記してゆく。書けば書くほどに、だんだんと自己が希薄になってゆく。あるいはこれは小説となる散文であるかもしれなかった。結果的にそうなったことばかりに人は興味を抱くが、そうなってゆくことを知りたかった。詩のことを言っているのか、人間のことを言っているのか、あまり違いはないのだろう。

二〇二四年の夏も長かった。

（続）

連載対談

ようこそ現代詩（第一回）

テーマ「詩と編集」

コーディネーター：藤井一乃（思潮社／編集者）
ゲスト：南田偵一（パブリック・ブレイン／編集者・詩人）

毎号テーマに則ったゲストを招き、語り合う連載対談。初回は、詩の編集者、藤井一乃が本誌「詩あ」の編集者・発行人で、詩人の南田偵一と詩の編集について語る。〈二〇二四年九月十九日、撮影：石本卓史、場所：葉月ホールハウス〉

出版社を立ち上げるまで

藤井　今回、「詩あ」が創刊されるということで、何か一緒にできることはないか相談していくなかで、編集者同士で詩の編集について話してみるのはどうかということになりました。

「編集」って何をやっている仕事か、なかなか見えにくいですよね。目に見えないけれども、やっていることがあって、そこには「仕事」、つまり「職域」とか「職能」があるんだよ、ということを今日はお話ししたいと思っています。

南田さんは、パブリック・ブレインという出版社をやって

いらして、五年くらい前から詩を書き始められたのでしたね。

南田　大学卒業後、ずっとフリーターをやっていました。小説家になりたくて就活しなかったんです。僕はお酒を飲まないのですが、文壇バーの「風紋」というところに出入りしていました。

そもそも、僕は近代日本文学専攻で太宰治をテーマに卒論を書くつもりでいました。「人間失格」を読んで、多くの人と同じように「自分のことを書いている！」と、いわば〝誤読〟をしまして、そこから夢中になりました。ちょうど四年生のとき、太宰研究で有名な安藤宏先生（東京大学名誉教授）が僕の大学に教えにきていらして、太宰作品のモデル論について相談したんです。

そうしたら「新宿に風紋というバーがあって、太宰の短編『メリイクリスマス』の登場人物のモデルになった女性がマダムだから行ってみたらいいよ」と言われ、その日のうちに行きました。以後、常連となり、風紋で知り合った「中央公論」の元編集長で「東京人」を創刊された編集者の粕谷一希さんに「物書きは三十代、四十代でもなれるから、一度就職しなさい」と言われました。

二十五歳で編集プロダクションに入り、三年後に粕谷さんの紹介で藤原書店で働くことになりました。二〇〇九年は太宰治の生誕百年という節目の年で、藤原書店では太宰の書籍は出せないだろう、それなら自分で出したい！　と思って、〇七年に個人事業主として独立し、〇九年に法人化して今に至ります。粕谷さんに相談しないで辞めてしまったので、何か形にしてから謝罪しにいこうと決めていました。

出版社を立ち上げて、書店で本を販売するためには「取次」を通さないといけないわけですが、当時は、取次との契約が個人ではできなかったので、手っ取り早く設立できる合同会社という形にしました。借金をしたくないので、自社企画だけでなく自費出版をやったり制作請負をしたりしています。個人で校正の仕事を二十年近くやっていて、会社の方にもそちらの依頼は増えていますね。

一方で、二〇一一年に「DayArt（デイアート）」というフリーペーパーを創刊しました。「日常にもっと読書を　日常にもっとアートを」をコンセプトにしたもので広義のアートを取り上げる内容でした。といっても僕は文学畑なので、文学寄りの内容が多かったですね。「読むフリーペーパー」にしたいと思っていたのでフルカラーにもかかわらず、活字が多め。二〇二四年で会社設立十五年になるのですが、このタイミングで「DayArt」を終刊し「詩あ」を創刊しました。

駆け出しの頃

藤井　編集者としてのスタートの時期が近いですよね。私は、

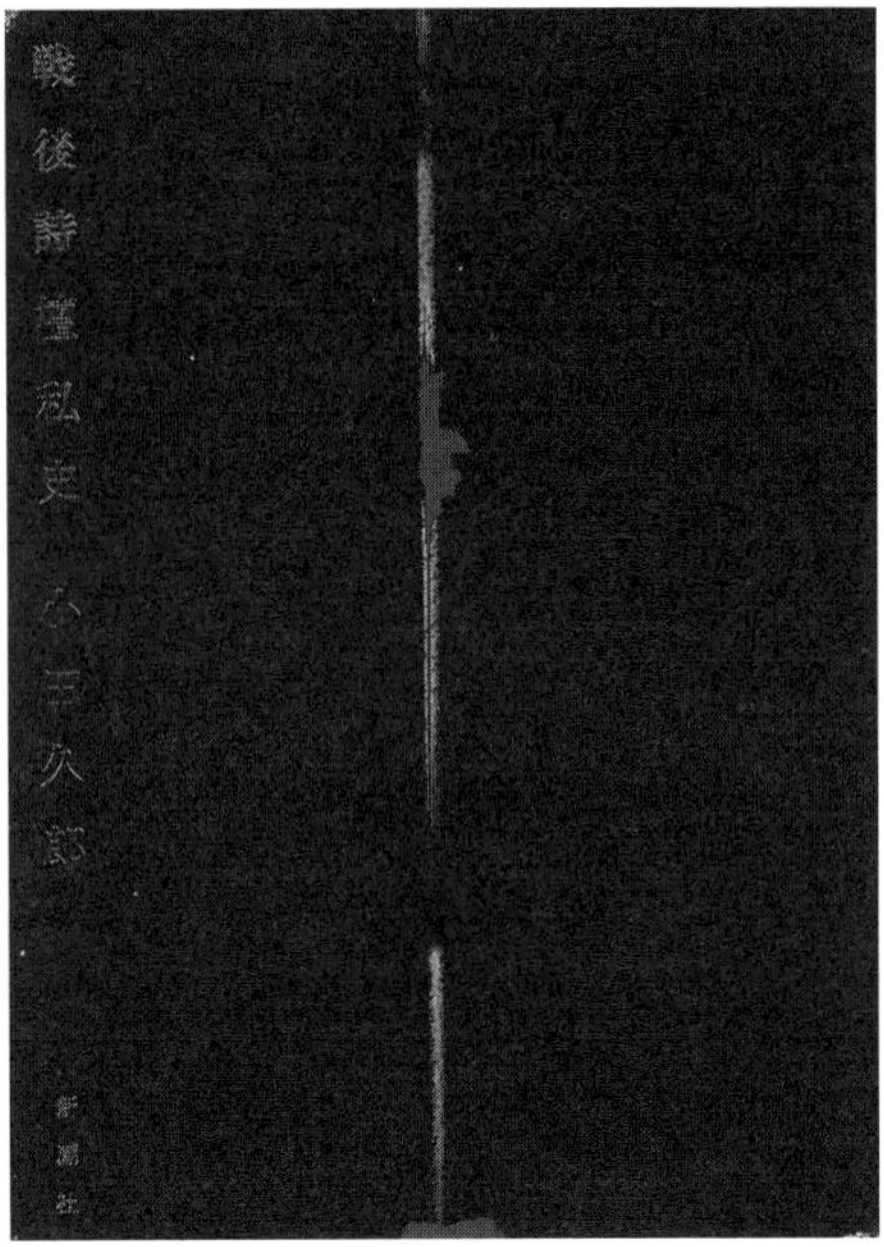
小田久郎『戦後詩壇私史』（新潮社、1995年）

一九九九年にひつじ書房でアルバイトをさせてもらって、二〇〇〇年から思潮社で仕事をしています。ひつじ書房時代にDTPから取次への搬入まで、ひととおりのことを教えてもらいました。出版人として神保町にいたのはその一年だけです。

　そのあと、思潮社に履歴書を送って面接に行くと、小さな部屋に小田（久郎）が座っていて、先に『戦後詩壇私史』（新潮社、一九九五年）を読んでいたからだと思いますが、これがあの伝説の、と思ったのをよく覚えています。その後、「一緒に仕事をしたいと思います」という直筆のお手紙が届いた。とても特徴的な文字なんですよね。私のことを、うん、字もきれいだし、文章力もあるしといって雇ってくれました。ほめられることが少なかったので、うれしかったです。

　小田は二〇二二年一月に亡くなりましたが、遺言で一年、社員にもふせられていました。会社でやりとりできたのは二〇〇〇年代後半くらいまで、二〇一六年くらいまではファックスや電話でやりとりさせてもらっていました。私が小田から直接指導を受けた最後の編集者になると思います。私にとっては父性の象徴のような本当に厳しい存在でしたが、たくさんのことを教えてもらいました。

南田　藤原書店から『編集とは何か』（粕谷一希・寺田博・松居直・鷲尾賢也、二〇〇四年）という書籍が出ています。ここに収録されている座談会で〝編集部員〟は多いけれど、編集者は少ないといったことが語られています。昔は良くも悪くも、一から丁寧に編集の仕事を教える、というスキームはなかった気がするんです。

　実際、この本で「海燕」や「文藝」などの編集長を務め、吉本ばななさんや島田雅彦さんを発掘した寺田博さんが「日本の編集者はほとんどが出版会社の社員であり（略）専門的な職業訓練を受けることはない」「編集者が職人芸を持つような専門家になることはまずない」と書いています。

藤井　昔は、先輩の捨てたゲラをゴミ箱から拾って赤字を学ぶみたいに言われていたそうですね。背中を見て学ぶという職人的な気質、古い体質が残っていたのかもしれません。「編集」は教えられない、暗黙の了解事項や不文律が多くて、明文化されていないがために、なかったことにされてしまいそうなルール違反も増えてきました。そのことへの危機感も強く感じています。

例えば、他の人がコツコツ積み上げた仕事に、最後に自分の名前をクレジットするようなことがまかり通る。そういうことは他の業界にもたくさんあるのでしょうが、詩の世界では仕事の規模感が小さいせいか、これまであまり経験がなかったし、やる編集者もいなかった。出版社同士、編集者同士の暗黙の了解、「仁義」みたいなもので成り立っていたところがあります。

「ユリイカ」（2003年4月号、青土社）

「ユリイカ」二〇〇三年四月号で「詩集のつくり方」という特集を組んでいて、郡淳一郎さんが編集を担当されています。これは本当にいい企画で、今もよく覚えています。七月堂の木村栄治さん、書肆山田の鈴木一民さん、思潮社の佐藤一郎さんがインタビューに答えている。聞き手は、詩人の松本圭二さんです。木村さんは二〇一〇年に亡くなって、佐藤一郎さんも二〇二四年四月に亡くなりました。

佐藤さんとは、私が入社した直後に半年くらい机を並べて仕事をしています。私の同期がひとりいて、一九九八年に亡くなった田村隆一さんの全詩集をつくるタイミングで一緒に入社して、佐藤さんから多くのことを学びました。

この特集の直後に集英社に転職されて、その後も大事な仕事をされたと思いますが、思潮社で手がけられたフェルナンド・ペソアの『不穏の書、断章』や堀江敏幸さんの『子午線を求めて』など記憶に残る仕事がたくさんあります。九〇年代に佐藤さんが担当された「現代詩手帖」のいくつかの特集にも学生時代に影響を受けました。

編集者って必要なのか

南田　個人的な見解になりますが、編集者は二つのタイプがあると思っています。一つは実務タイプ、もう一つは創造タイプ。実務タイプは文字通り、編集における実務を得意とする編集者です。執筆者やデザイナー、印刷・製本所などとのやりとり、スケジュール・台割管理など、書籍制作におけるプロセスをこなすのが得意な人です。

　創造タイプは、もっと広い意味で「編集」を捉えている編集者です。企画を立て、グランドデザインを描けるタイプ。時には、その創造が書籍の範疇を超え、社会の様々な分野において編集力を発揮できる人です。そこまで大袈裟ではないものの、企画を立てられ、より優れた目次を立てられる。その中にはどういう人に取材するか、執筆依頼するかということが含まれます。もちろん、理想的なのは、実務もこなせて、創造力も発揮できる編集者です。

　ただ現在は、絶対的に後者の編集者が足りていないと思っています。それは「編集」の仕事が「教えられない」ことに所以しているのかな、と。それだけ編集という仕事が目に見えにくい仕事なのかもしれません。

藤井　私は、実務タイプの人間だと思っています。そもそも編集って何をする仕事なのか、あまり知られていないですよね。著者がいて、出版社がゴーサインを出せば本が出ると思われている。ドラマみたいに、原稿を持ち込んだら、編集者が出てきてイエスノーを言って、チャンスをつかんだら企画で出版されて印税がいっぱい入るというような、そういうイメージを持っている人が、今どのくらいいるのかわかりませんけれども。

　実際は、書き手からあがってきた「原稿」だけでは本にならない。そこには「編集」という目に見えない、ブラックボックスみたいな、ちょっと秘密のスパイスがかかって、いくつかの行程を経てひとつの作品は世に出ていきます。ある作品が本になるまでには、目に見えないところで編集者だけでなく多くの人が関わっている。

　今は、セルフプロデュースの時代で、自分でプロデュースできるかどうかがとても大事な世の中になっています。文学フリマの盛況ぶりなども、現時点では肯定的に見ていますが、それにはいい面とそうでない面がある。パソコンか携帯さえあれば本らしいものができて、それを文フリで売れば、直接、お客さんの反応があって、売上もある。その喜びがダイレクトに届く。出版社なんかいらないじゃないか、編集者なんかいらないじゃないかという時代になりつつあります。

　この先、ＡＩの出現によって、これまで自明だったことがますますそうじゃなくなるのも時間の問題です。そういうときに私たちがこれまで培ってきた「編集とは何か」という話

をしておくのも意味があるのではないかと思っています。

南田　今のように文フリ全盛で、私家版でつくってしまおうという流れになると、そこにどうやって編集者が介在するのかという問題が出てくる。その答えって、そう簡単には出てこない。編集者なんていらないという声があってもおかしくない。そのくらいの緊張感をもって話している。それが僕の「詩あ」でも掲げている「ドキュメンタリー」なんです。

組版は詩の生命線

南田　詩の編集って何をやっているのでしょう。

藤井　詩の編集ってやることが少ないように見えると思います。実際、人文、小説、料理、医療、法律、なんでもいいのですが、そういったジャンルに比べると、訂正の分量や編集者の立ち入る余地は少ないかもしれません。

詩集がおそらく一番長く活版による印刷を続けたと思いますが、私が手がけた活版の詩集は高貝弘也さんの『露地の花』（二〇一〇年）が最後でしょうか、それもとっくになくなりました。もはや入稿データを印刷所に左から右に流すだけみたいに見える。でも、目に見えないところでいろんなことがあるんですよね。

具体的には、まず原稿を受け取って、データをフォーマットに流してみて何ページくらいの本になるか分量を確認する。予算から逆算して考えることが多いかもしれません。そのうえで、どういうテーマ、メッセージを持った詩集なのか、一冊の方向性をつかんで、その流れからはずれる作品を入れるかどうか相談したりする。

詩の場合は、一篇一篇にメッセージが明確に表現されていることは少ないですが、詩集として綴じてみたときに見えてくるその一冊の物語があります。こちらからタイトルを提案することもありますし、作品順序も相談します。作品の構成の提案は、私の詩集づくりのうえで比重が大きいかもしれません。まったくやらない編集者もいます。

次に、分量と費用のことを念頭に置きながら、書体をどうするか、文字の大きさをどのくらいにするか、一ページに何行入れるか、マージン（余白）をどのくらい確保できるかを確認します。本文の組版は、詩にとって生命線であると強調しておきたい。作品によって、一番ふさわしい行間、天地左右のマージンは異なります。そのことをぜひ知ってほしいです。

テキストデータの段階で欧文、洋数字の半角、全角を揃えるとか、不要な一字アキや改行を入れないとか、他にも細かいいろんなことがありますが、そういった目に見えない作業があるということを知ってもらって、私たちの持っている「編集」のノウハウを共有できるといいと思っているんです。

南田　画一的にただ流し込むのは編集ではなくてオペレーションですしね。組版を疎かにすると、詩自体の魅力を損なうことになりかねません。「編集」の仕事の大事さを知ってほしい。そこは同じ思いです。

近くの編集者をつかまえる

藤井　詩の編集者って、今の日本に数えるほどしかいません。もしかしたら詩の専門の編集者なんていなくてもいいのかもしれず、文芸全体のなかで詩歌を扱ってくださる編集者が増えればいいのかもしれませんが、いずれにしても、詩を支える編集者、プロデューサーが圧倒的に足りない。本来は、誰かが誰かの書くものをいいと言う、第三者が書き手を支援するという形がとても大事だと思っています。それがこれまで出版社や編集者の仕事でした。

著者自身がこういう方向の詩集にしたいとイメージをしっかり持っていてくださる場合と、書いた本人は自分の詩がわからないとおっしゃる場合とがあって、後者の場合に特に編集者の仕事が多くなります。本人にイメージがある場合も、第三者が関わることで少し角度の違うものが生まれる。著者と編集者とデザイナーの組み合わせや相性によって生まれる

ものが毎回違うのが本づくりの醍醐味です。
装幀もとても大事です。以前は、詩の世界でも装幀に凝るなんて邪道みたいに思われていた時代があったようですが、今は歌集などにもきれいなものが増えてきましたし、そもそも読者が少ない詩の世界で、どうやって手に取ってもらえるか一生懸命考えたときに、その詩集にふさわしい装幀を用意することはとても大切なことだと考えています。
詩集をつくるのには、お金がかかります。企画で詩書出版を受けてくれる出版社、あるいは、出してもらえる詩人はごくひと握りです。否応なくお金との戦いが始まる。それが現実だけど、安くつくろうと思ったとき、私家版でつくる場合も本文のレイアウトと装幀には、できるだけ予算を確保してほしい。もし十分なお金が確保できないときも、私たちのような少し編集の経験のある人間をつかまえて遠慮なく聞いてほしいと思っています。

編集という「批評」

南田　今回、僕はドキュメンタリー詩誌「詩あ」を創刊しました。先に触れた「DayArt」というフリーペーパーの後継のイメージです。「DayArt」では、様々なイベントに参加したり、人に会ったりして話を聞いてきました。それを僕はやわらかいルポのような文体で書いてきて、割とそのスタイルが好評でした。ならば「詩あ」でもそのスタイルは継続させよう。生々しさ、臨場感、いい意味での混沌、そういったものを文章に反映させたいと思って「ドキュメンタリー」と銘打っています。現代の詩に携わる詩人や詩作品そのものを「生感」をもって伝えたいと考えています。つまり、僕にとって「ドキュメンタリー」とは編集方法でもあるわけです。

ただ、僕は「詩あ」を詩の業界をよく知っている、どっぷり浸かっている人にだけ届けたいわけではない。現代詩の歴史は踏まえておきたいけど、つかまえたいのは現在であって、その先の未来なんです。これから出版社を通して、あるいは私家版で詩集をつくりたいという方に向けて話したい。そのために、今、詩の編集者は何ができるのだろうかと考えています。

藤井　繰り返しになりますが、「編集」という「仕事」があるんだということをまず知ってほしい。装幀、デザインの仕事も目に見えにくいけど、それでも編集よりは職業として認識されていますよね。同じように編集にも独立した「職能」とか「職域」があって、編集者によってつくる本が違うわけです。それをよく見てほしいという気がする。

私は、批評って大事だし必要だと思っていて、編集も「批評」の仕事だと思っています。まず誰と組むのか、どのようにレイアウトするのか、どういう装幀にするのか、作品の構成（台割）をどうするか、そこに編集者の「批評性」が問われる。

ただ、そもそも編集というのは「圧」をかけることかもしれなくて、今は、それが社会の風潮や傾向として忌避されているような気もする。そこが少し複雑な気持ちです。他人からいろいろ言われるのって嫌だし、つらいこともあるけど、それでも第三者の意見ってとても大事なんだということを知ってもらえるといいですね。

南田　僕もたまに編集に関して相談を受けることがあります。例えば詩集をつくるのに作品の並びはどうしたらいいかとか、同人誌をつくるのにコンセプトをどうやって決めるのかとか。そういうことは聞いてくれれば助言できますし、お手伝いできることがあります。

藤井　そういうふうに敷居が高くなく、気軽に相談できる環境があるといいですよね。そういう思いもあって、詩人で編集や校正の経験のある唐作桂子さん、尾関忍さんと「しまい編集室」という編集チームを立ち上げました。

しまい編集室は、書肆山田の大泉史世さんが二〇二二年五月に亡くなられて、そのこともきっかけになりました。大泉さんって、番町小学校、麹町中学校、日比谷高校、東大仏文と絵に描いたようなエリートコースを進まれているんですね。

私は東京のそういうことに疎いのですが、そのキャリアに頼ることなく、ご自身の人生を詩書出版に捧げられた。高学歴の女性たちの生きにくさについて、これまであまり社会の問題として可視化されていませんが、そういうことにも少なくない思いを抱えています。

しまい編集室では、必要があって自分たちが出ていくこともありますが、それよりは、これまで誰もやってこなかった後方支援がしたいとよく話をします。詩のワークショップもいくつかやりました。

詩人の松下育男さんとは「詩を大事にする会」（全三回）というのをやって、最後は、参加者の作品をひとつにまとめてアンソロジーをつくりました。あれ、楽しかったですね。表紙の絵は岩佐なをさんにお願いして、この世に参加者の人数分しかない小詩集ができました。南田さんも参加してくださって、南田さんのこれまでの編集の経験、InDesignの具体的なアドバイスもいただきました。

南田　「詩あ」のスピンオフ企画でも、詩集制作や編集のワークショップの開催を考えています。構想しているのは、座学というよりパソコンでInDesignを実際に動かしてみて、この行間は云々といった実践形式です。

詩の企画とは？

南田　「編集」って〝私〟と〝公〟をつなぐ存在ですよね。相性や作品の〝好み〟があるのはよくわかるのですが、好みだけでつくってしまって本当にいいのか。編集者って、その詩人にこうした方がいいとナビゲートしてあげたりできる、オフィシャルな存在だと思っています。

僕も詩を書いているので、「第一詩集は出さないんですか」と聞かれるようになりました。実際、二〇二四年十二月に『詫び』という書名の私家版の詩集をつくりましたが、これは「詩あ」の創刊を待ち侘びている方への「詫び」というニュアンスでつくったので、僕のなかでは詩集という意識はさほどない（笑）。そもそも僕はあまり自分の作品に興味がなくて、詩集で読みたいとも思わない。

それでも第一詩集というのは、とても大切だと思うんです。なんといっても一冊目ですから、大事にしたい。自分だけだと前のめりになるし、近視眼的になってくる。そこには編集者の客観的な眼差しが必要になる。いろいろな方面でサポートしてくれる編集者がいると勇気をもらえる気がするんです。

さっきお金の話になりましたが、たくさんのお金を持っていれば、きれいな詩集がつくれるとなると、それはどう詩集をつくるかではなく、どうお金を稼ぐかの話になってしまう。だけど現在の日本経済は将来が不安だし、この先、給料が上

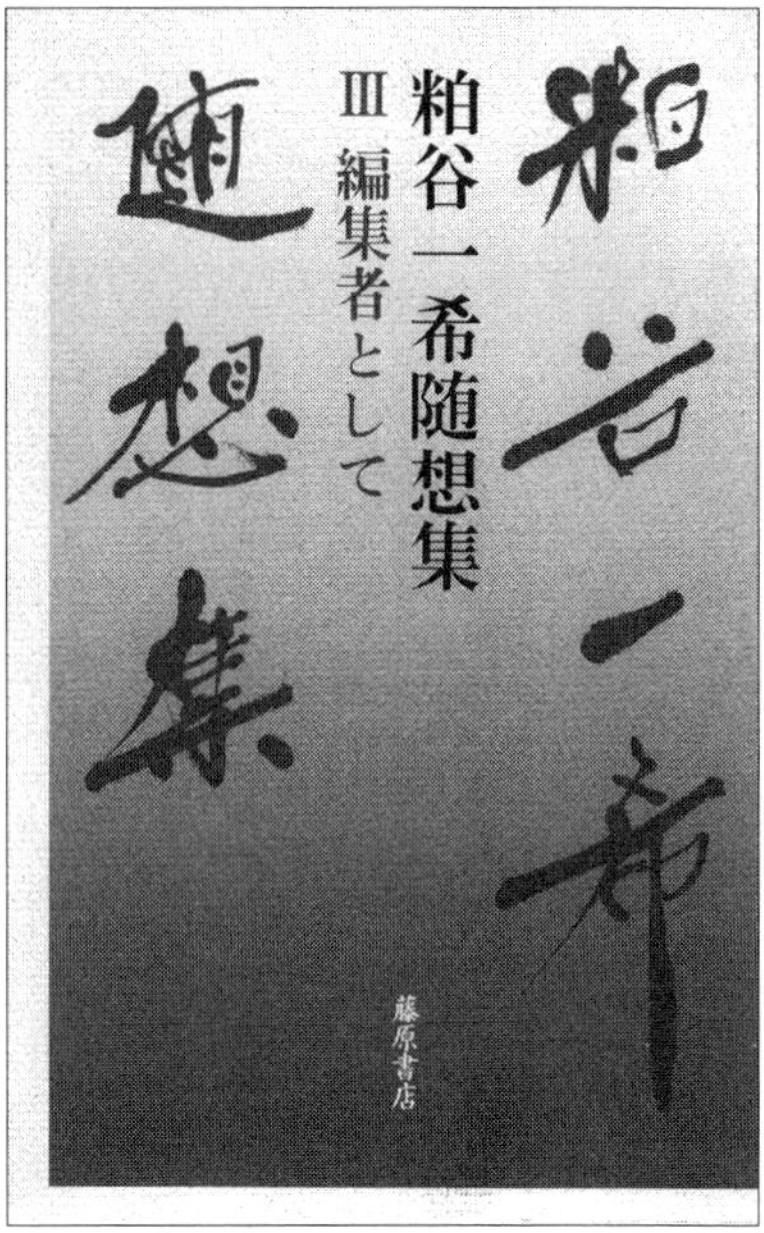

『粕谷一希随想集 Ⅲ 編集者として』
（藤原書店、2014年）

がる見込みも立たない。若い詩人はもちろん、年配の詩人も年金でいつまで暮らしていけるのか不安が残る。

藤井　一冊一冊個別の状況があって、今はまだ手探りの段階ですが、広告にあまりお金をかけられないし、誰がサポートしてくれるわけでもないから、詩集に仕込んでいくしかない。私を含め、関わってくれる人の思いが本のなかに全部詰まっています。

南田　藤井さんのお仕事にはそれが感じられます。本に思いと気合いが入っている（笑）。

藤井　百点満点とはいかなくても、より正解に近い答えを出したい。詩集の編集って、本当に素敵な仕事です。雑誌編集より好きですね。著者とデザイナーと編集者という最小単位で濃密に仕上げることができる。もちろんその前後に、印刷所、製本所、営業部、取次、流通、書店といった本に関わる人たちの手を介して読者に届くわけですが、本をつくる過程はとてもシンプルで、いつも手元、現場があるということが、とても幸せです。私にとっては、料理をつくるのに少し似ています。

最近は、本文のレイアウトや、自分のなかにはっきりイメージがあるものだったら装幀まで手がけるようになりました。そうすると、これまで組版を印刷所に外注していたときとは意識が変わってきた。大袈裟ですが、この奇跡のように素晴らしい仕事の「尊さ」を誰にも譲れない、という気持ちになります。

もちろん、雑誌には雑誌づくりの喜びがあります。一番楽しいのは企画を考えているとき、一番つらいのは校正しているとき（笑）。二〇一六年から四年間、雑誌をやらせてもらって引き継ぎの号から数えてちょうど五十冊つくりましたが、とても勉強になって、そのあとの単行本の仕事に活きています。

南田　『粕谷一希随想集　Ⅲ編集者として』（藤原書店、二〇一四年）で、粕谷さんが小田久郎さんを取材している記事が載っています。そこで小田さんが「詩集は、不特定多数の読者は要らない」と発言している。いわゆるスモールビジネスということです。僕は出版人・編集者としての立場と、詩人としての立場の両方があって、詩では食べていけない。かといって、それをそのまま首肯することもできない。矛盾しますが、多くの人に自分の詩を読んでほしい、稼ぎたいとも思っていない（笑）。

でも、僕としては「詩集は売れない」と口にしたくない。少なくとも、売れる努力をすることはできる。個人の自己プロデュース能力や発信力次第ということもあるのですが、どうやって詩集を出すか、どのタイミングで出すか、どうやって情報発信していくのか、どこでどのように売るのか。それが第一詩集の場合ならなおさらです。そこへのお手伝いが編集者にはできるのではないかと思います。

詩は短歌や俳句同様、献本しあう慣例があるわけですが、売れないからといって献本だけで済ませていいのか。詩でお金を得る可能性を自らゼロにしてほしくない。「詩あ」でも、原稿料などはキャリア問わず、僅少ですがお支払いするつもりです。経済的に回る詩の世界になっていくといいと思っています。文学フリマはもちろん、全国書店流通・Amazonでの販売にこだわるのもそのためです。できるだけ多くの、詩人以外の方にも届いてほしいです。

「詩あ」を創刊するにあたって、読者を退屈させたくないということも意識しています。僕自身、どんなときに退屈なのか考えたとき、誌面がどこか予定調和の方向に進むときだと思うんです。話が「こういう答えに行き着きたい」「こういう主張を読者に伝えたい」ということに向かって進んでいく。下手したら目次を見ただけで気づかれてしまう。

繰り返しますが、それが嫌というか退屈だから、僕は「詩あ」を「ドキュメンタリー詩誌」と銘打ち、その予定調和感をなくし、ライブ感、生々しさといったものを伝えたいと思った。もちろん、ある意味で嘘がないわけですから、辿り着く答えは退屈かもしれない。けれども、その過程は退屈じゃないものにしたいと思っています。

「詩あ」と「cygnifiant」

南田　二〇二四年、雑誌「cygnifiant」が刊行されましたが、その話も少し聞かせてください。「cygnifiant」は、同年一月に亡くなった詩人の榎本櫻湖《さくらこ》さんが生前から構想されていた雑誌で、書店流通にもこだわっていたそうですね。

藤井　雑誌の編集長をおりたあと、そのあとすぐにコロナの時期がきて、そのタイミングで、榎本さんが一緒に雑誌をつくろうと持ちかけてくれた。詩がよく読める人でしたから、

「cygnifiant」（archaeopteryx、2024年）

自分でも出版社をやりたくて、生前からarchaeopteryx（アーキオプテリクス）というプライベート・レーベルを立ち上げて活動していました。榎本さんは無類の本好きで、編集にも関心があって、組版にもこだわりが強かったし、雑誌や詩集の誤植は誰より目ざとく見つけて指摘してくるような人でした。

　そんな榎本さんとやる雑誌って、どういうものだったら強度のあるものがつくれるだろうと考えて、ひとつにはジェンダーやフェミニズム、もうひとつには音楽批評、言語論的なアプローチの批評なども視野に入ってくるのではと考えていました。それでも、いざ一から立ち上げるとなると、私も普段は普通に仕事をしているし、現実に形にするにはハードルが高かった。逡巡しているうちに榎本さんが亡くなってしまいました。

　それでもその間、何もしていなかったわけではなくて、「現代詩手帖」二〇二二年八月号で「わたし／たちの声　詩、ジェンダー、フェミニズム」という特集を実現しました。榎本さんはここに「マッコ・デラックスになりたかった」という一文を寄稿しています。ちょうどX（旧Twitter）で「文学業界のハラスメントをなくしたい」というハッシュタグが広がったりして機運の高まっていた時期でもありました。「詩あ」と「cygnifiant」が近い時期に立ち上がったのは不思議な偶然です。どのくらいのことができるのかわかりませんが、榎本さんの遺志を受け継ぎたいと思っています。

南田　個人的には、石松佳さんの「テーブルの下に兎がいた」、こんなに長い詩を読めたことがとても嬉しく、何度も読み返しました。佐野裕哉さんの装幀も美しく、組版もすばらしいですね。

藤井　榎本さんに宛先のある作品だと思って拝読しましたが、石松さんのあの一篇を受け取ることができて光栄でした。榎本さんを中心にすると、必然的に決まってくる方向性がある。

既存の執筆者や詩人を起用したとしても、台割次第で作品の印象も変わってきます。榎本さんが持っている編集者的な視点、それがとても冷静でフェアだったし、意外に見えるかもしれないけど、とても相性がよかった。

南田　藤井さんに「詩あ」創刊の話を初めて相談したとき、「悲壮感を持ってやらないほうがいいよ」と言われて（笑）。その言葉をずっと覚えています。

藤井　そんなふうに言いましたっけ。最近、いろんな人から自分の言った言葉がブーメランのように戻ってくるのですが、ほとんど覚えていない（笑）。いい加減なことを言っているわけではないですよ。本当に思ったことしか言わないから、同じ状況になったら、また同じように言う自信がある。とにかく自分たちが今一番楽しいと思っている部分を伝えてほしい。それがなにより読者に届くと思います。

南田　ご期待に沿えられるよう、藤井さんをはじめ、いろいろな方のアドバイスを受け止めながら、これからも「詩あ」を続けていきます。

（了）

寄稿者他プロフィール（五十音）

赤澤玉奈（あかざわ・たまな）
一九九六年東京都出身。東京藝術大学大学院壁画専攻を卒業後、絵と詩の複合芸術を試みている。私家版詩集『まばたぐ』（二〇二三年）、詩誌「観察」主宰。X：@akzwtmn

石田諒（いしだ・りょう）
一九八六年東京都生まれ。長野県在住。日本工学院専門学校放送芸術科、法政大学文学部日本文学科卒業。大学で小池昌代の詩の授業を受け、以来、詩を書き始める。写真、映像による活動も並行して行っている。二〇二四年九月、第一詩集『家の顛末』（思潮社）を刊行。

石松佳（いしまつ・けい）
一九八四年生まれ、福岡市在住。二〇一九年第五十七回現代詩手帖賞受賞。二〇二一年第七十一回H氏賞・第五十七回福岡県詩人賞受賞。二〇二二年第四十六回福岡市文化賞受賞。第一詩集『針葉樹林』（思潮社）。

ケイトウ夏子（けいとう・なつこ）
秋田県出身。東京都在住。詩集『例えば鳥の教え』（二〇二一年・私家）。個人詩誌「水路」発行。ほどけた靴ひもは愛しいものです。

佐藤文香（さとう・あやか）
句集に『海藻標本』、『君に目があり見開かれ』、『菊は雪』、『こゑは消えるのに』。詩集『渡す手』にて第29回中原中也賞。編著に『俳句を遊べ！』、『天の川銀河発電所』。京都文学レジデンシー02に参加。日本語・日本文化教育における俳句の活用について研究中（佐々木幸喜と共同）。作詞、句集の編集協力も手がける。

杉本真維子（すぎもと・まいこ）
一九七三年、長野県生まれ。学習院大学文学部哲学科卒。第四十回現代詩手帖賞受賞。詩集に『点火期』『袖口の動物』（第五十八回H氏賞・第十三回信毎選賞）『裾花』（第四十五回高見順賞）『皆神山』（第三十一回萩原朔太郎賞）、『現代詩文庫 杉本真維子詩集』、散文集に『三日間の石』など。二〇二五年三月に杉本真維子巡回展第三弾がつくば市で開催。

関根健人（せきね・けんと）
平成五年生まれ。埼玉県在住。純文学同人「上陸」所属。詩集に『ソルレソル』（私家版）がある。文藝誌「灑」を令和七年五月に刊行予定。

南田偵一（なんだ・ていいち）
東京都出身。好きな言葉「チョコレート&ダイジェスティブビスケット」。

藤井一乃（ふじい・かずの）
二〇〇〇年より思潮社にて詩集出版に携わる。「現代詩手帖」編集長を経て、現在、書籍編集長。これまでに四百冊以上の詩集を手掛ける。

マーサ・ナカムラ（Martha Nakamura）
詩人。一九九〇年生まれ。埼玉県松伏町出身。二〇一四年より『現代詩手帖』への投稿を始め、二〇一六年に現代詩手帖賞受賞。二〇一八年に第一詩集『狸の匣』で中原中也賞を受賞、二〇二〇年に第二詩集『雨をよぶ灯台』で萩原朔太郎賞を史上最年少で受賞。二〇二一年に早稲田大学坪内逍遙大賞奨励賞を受賞。

松下育男（まつした・いくお）
一九五〇年、福岡県生まれ。一九七九年、詩集『肴』（紫陽社）で第二十九回H氏賞受賞。二〇一九年、現代詩文庫『松下育男詩集』、二〇二一年『コーヒーに砂糖は入れない』、二〇二二年『これから詩を読み、書くひとのための詩の教室』（いずれも思潮社）など刊行。現在、詩の教室を様々な形式で開講している。

山﨑修平（やまざき・しゅうへい）
一九八四年東京都生まれ。詩集に『ダンスする食う寝る』（歴程新鋭賞）、『ロックンロールは死んだらしいよ』（共に思潮社）。小説に『テーゲベックのきれいな香り』（河出書房新社）。X：@ShuheiYamazaki

次号予告
2025年初冬 発売予定！

特集
詩を投稿しよう
書き続けることへの、ひとつの扉

寄稿詩テーマ 「送る（贈る）」

連載：石松 佳／山﨑修平／藤井一乃（対談）

〈新連載スタート！〉
　若手詩人リレーエッセイ
　杉本真維子連載エッセイ

※発売時期、収録内容が変更になる場合もございます。

編集後記

ツイッターで「詩あ」の「創刊の辞」を発表したのが2024年4月のことでした。あれからちょうど1年が経過し、「詩あ」は創刊されました。順風満帆とはいかず、通常の仕事をこなしつつ、様々な調整を行いながら、ようやく創刊することができましたのは、寄稿者をはじめ、ご協力いただいた皆様のおかげです。改めて御礼申し上げます。／詩の教室や講座、ワークショップは、詩作をしている身にとっては、ほとんど日常の延長線上の出来事のため、取材という感覚はほとんどありません。講師側、受講者側双方のお話を伺うことで、教室や講座のあり方の違い、それぞれの詩人の詩に対する想いに触れることができました。詩の世界は狭い世界です。同じような悩みを抱えている方も多いので、これから詩に触れたいという方は、自分だけが悩んでいると思わず、足を一歩前に出して、いろいろな場に赴いてみてください。もちろん、僕から話を聞きたいということでも結構です。お気軽にどうぞ。／「詩あ」は無事に創刊されました。次号の制作も徐々に開始します。そして、ちゃんと売れるよう書店などへの営業も欠かしません。これまで詩に触れてこなかった多くの方に届きますように。今後も「詩あ」をよろしくお願いします。ありがとうございます！（ナン）

poetry
A
01
2025
04

ドキュメンタリー詩誌

詩あ 01

初版発行 2025年5月5日

編集人 南田偵一
発行人 山本和之
発行所 パブリック・ブレイン
〒179-0076 東京都練馬区土支田3-10-2
電話 042-306-7381
メール info@publicbrain.net

発売 星雲社（共同出版社・流通責任出版社）
〒112-0005 東京都文京区水道1-3-30

印刷 モリモト印刷

ISBN978-4-434-34951-5 C0492

poetry
A
01

2025
04

詩
あ
01

akazawa tamana
ishida ryo
ishimatsu kei
keito natsuko
nanda teiichi
sekine kento
sugimoto maiko
yamazaki shuhei

9784434349515

1920492010006

ISBN978-4-434-34951-5
C0492 ¥1000E

発行：パブリック・ブレイン
発売：星雲社
定価：1100円
（本体1000円＋税）